# 아무것도 아닐 경우

김수원 시 평론집

그럼에도 시는 탄생한다.
세상이 시를 읽지 않는 이유는 시가 '아무것도 아니'기 때문인데,
아이러니하게도 시가 발생하는 연유 또한 그것이
'아무것도 아니'기 때문이다.

# 아무것도
# 아닐 경우

기꺼이 버려짐을 감수한
부산 모더니즘 시인들의 자취를 끌어안는

김수원 시 평론집

서점의 시집 코너가 구석으로 밀려난 지 오래다. 아직도 시를 밥벌이용으로 여기고 있다면 굶어 죽을 각오를 해야 한다는 의미이다. 필자가 등단 첫해(2021년) 받는 첫 원고료가 시 두 편에 오만 원이었다. 무명일 때를 생각하면 청탁을 받은 것만으로도 감격할 일이었으나, 한편으로는 '시 한 편에 삼만 원이면/너무 박하다 싶다가도/쌀이 두 말인데 생각하면/금방 마음이 따뜻한 밥이 되네'(함민복, 「긍정적인 밥」)라는 시구를 되뇌게 만드는 금액이었다. 「긍정적인 밥」이 수록된 『모든 경계에는 꽃이 핀다』가 1996년에 출간되었으니 시의 값어치는 25년 전보다 더 평가절하된 듯하다. 물론 '시 한 편에 삼만 원'은 세 번째 시집을 출간한 시인의 당시 인지도에 따른 금액일 것이며, 그것을 갓 등단한 신출과 비교한다는 것에 무리가 있겠지만 그때나 지금이나 시가 박한 대접을 받고 있다는 것은 변함없어 보인다.

그럼에도 불구하고 매년 시행되는 신춘문예에는 시 부문 응모자가 가장 많다. 부산일보가 공개한 2024년 신춘문예 응모작 상황을 살펴보면 '6개 부문에 걸쳐 1321명이 3733편을 응모'했으며, 시 462명, 아동문학 359명, 소설 251명, 시조 109명, 희곡·시나리오 108명, 평론 35명 순으로 시 응모자가 가장 많았다. 경향신문의 경우 '시·단편소설·문학평론 3개 부문에 1261명이 총 3869편의 작품을 응모'하였는데 그 중 '시 응모작은 총 3250편으로 전체 응모작 중 약 84%를 차지했다.' 시 부문 응모 편수가 세 편 이상이라는 점을 감안하더라도 84%라는 수치는 압도적이다. 시를 쓰려는, 혹은 쓰는 사람들이 이렇게나 많으니 신춘문예 수치만으로도 대한민국에 시인이 넘쳐난다는 말을 농으로만 치부할 수 없어 보인다. 시집이 서점 구석으로 내몰린 이유를 시장 논리에 대입해보면 공급에 비해 수요가 턱없이 모자라기 때문일 텐데, 제빵사가 팔리지도 않는 빵을 잔뜩 만들어 다음날 폐기 처분하는 것과 다르지 않다. 그렇다면 시인들은 왜 폐기 처분될 걸 알면서 시집을 묶는 걸까? 문청들은 한결같이 불확실한 시에 매달리려고 하는 걸까?

사실 불확실한 미래를 거론하지 않더라도 시는 막연하다. 누군가 '시는 무엇인가'라고 물을 때마다 "그러게, 시가 뭘까요?" 하고 되묻고 싶을 지경이다. 옥타비오 빠스는 『활과 리라』의 서(序) 대부분을 시에 대한 정의로 할애하고 있다. 그중 일부를 발췌하면 "시는 앎이고 구원이며 힘이고 포기이자 선택받은 자들의 빵이며 저주받은 양식이자 들숨과 날숨이며 근육 운동이며 반전이자 음악이며 상징"으로 정의된다. 연결고리 없이 이어지는 정의 방식은 시는 그 무엇으로도 정의될 수 없음을 나타내는 역설로, 그렇기 때문에 쉽게 읽히지 않는 것이다. 이성복 시인은 '턱수염을 아래서 위로 쓸어 올릴 때의 느낌'처럼 '시는 사람을 불편하게 하는 느낌, 그 이상도 이하도 아니'(『무한화서』, 19쪽) 라고 했다. 돈을 주면서까지 불편함을 감수하기는 쉽지 않다. 바른 소리를 하는 사람 앞에서 우리는 왠지 모를 불편함을 느낀다. 들으면 들을수록 나의 부도덕함이, 정의롭지 못함이 적나라해지기 때문이다. 시의 방식이 이와 다르지 않아서 읽을 때마다 읽는 이의 치부가 까발려진다. 서점에서 시집 코너가 구석으로 밀려날 수밖에 없는 것이다.

앞선 질문들은 사실 필자를 향한 질문이기도 하다. 시를 쓰겠다 작정한 2007년 가을부터 지금까지 시 쓰기를 게을리하지 않았으나 왜 써야 하는지에 대한 답을 가지고 있지 않았다. 다만 잘 쓰고 싶었다. 그러나 연거푸 밤을 새워도 쉽지 않았다. 마무리되지 않은 시가 쌓여가던 무렵 병마와 싸우던 오빠가 급작스럽게 떠나고 얼마 지나지 않아 아버지까지 돌아가시면서 시는 무엇일까 라는 물음에 직면했다. 두 개의 빈자리를 채우기 위해 시 쓰기에 몰두했으나 날은 풀리지 않았고, 그때 처음 시의 체질을 경험했다. 손가락이 곱아 아무것도 할 수 없을 지경으로 추웠다. 손이라도 녹이고 싶었다. 곁불이나마 쬘 요량으로 뽑아 든 것이 황인찬 시인의 『희지의 세계』(민음사, 2015)였다.

거실은 어둡고 거실에서는 약간의 풀 냄새가 난다. 아무것도 연상
시키지 못하는 어둠과 냄새다. 녹조가 이렇게 불어날 줄은 몰랐는데

조금씩
조금씩……

수조 속에서 무엇인가 열심히 자라고 무성해지다 어느 순간 다
죽었다. 이것은 그가 어느 날 충동적으로 가져온 것이고 그때 그가
말했다

작은 것들을 키우며 소박하게
살자, 우리

어느 날 거실에는 수조와 나, 그렇게 둘뿐이었다. 그는 어디로 갔
는지 소식이 없고 언제쯤 오려나 나물을 무쳐놨는데, 거실에는 이제
터지기 직전의 초록이 있다
　　작고 작은 달팽이가 유리 벽면을 따라 서서히
　　서서히 점액질의 무엇인가를 남기며 움직였다

　　소박하게, 자꾸만 그랬다

「측정」 전문

시에서 손쉽게 측정되는 감정은 한 존재의 외로움이며, 외로움의 근
원은 고요다. 공간적 배경인 '거실'은 공적 공간이라 집안에서 가장 부산
스러운 곳이지만 어떤 소리도 들리지 않는다. '그는 어디로 갔는지 소식
이 없'기 때문인데, '그'의 부재는 소리를 죽이고 화자를 식물화시킨다.
중심 소재인 '수조'는 '그'로부터 잊혔다는 점에서 화자와 동일 선상에
있으며, 데시벨이 제로인 점에서 거실 분위기와 다르지 않다. 그러나 측
정 방식을 달리하면, 일테면 현미경 같은 참을성을 들이대면 소리는 없
으나 '점액질'의 길이 보인다. 시를 읽으면 읽을수록 달팽이의 거대한 세
계와 맞닥뜨리게 된다.

그러나 시는 한 국면으로 바라보기에는 품이 넓은 대상이다. 당시
상실감을 어쩌지 못하고 있던 필자는 거대한 달팽이보다 거실에 스며있
는 분위기에 함몰되었다. 시를 읽다가 '아무것도 연상시키지 못하는 어
둠'에 움찔했고 '어느 순간 다 죽었다'에서 그만 멈췄다. 한참을 멈춰있
다가 처음부터 다시 읽었다. 그렇게 서너 번 같은 구간을 왕복하다가 어
찌어찌 마지막 연까지 읽고 나니 시인의 의도와 무관하게 필자를 염두

에 둔 시라는 생각을 하였고, 필사할 수밖에 없었다. 당시 끼적였던 필사 노트를 옮겨보면

> 소박하게라도 살지. 어디로 가서 돌아오지 않고, 오지 않을 것을 알면서 자꾸 문밖을 내다보는 습관, 기척보다 몸이 먼저 반응하는 이 습관, 네 목소리를 찾아 집안을 훑는 이 몹쓸 습관, 너는 왜 소박하게 만 살다 갔는지. 말 한 마디 남기지 않았는지. 너를 찾지 않겠다, 부르 지 않겠다 수포가 될 맹세를 하며 시를 읽는다.
>
> (2017. 2. 14. 오빠를 보내고 9일째)

짧은 순간의 느낌을 옮긴 메모를 다시 읽어도 감정이 그득하다. 「측 정」을 옮길 무렵, 필사는 오로지 감정을 쏟아내는 목적이었으므로 손 에 잡히는 대로 시를 읽었다. 「그 마을의 주소」(오규원, 『오규원 시 전집 Ⅰ』, 2002)는 이 세상에 없는 유령들의 마을이기 때문에, 「얼의 굴」(정영, 『화 류』, 2014)은 거울 속의 얼굴을 '얼이 빠져나간 굴', '산송장의 굴'로 보았 기 때문에, 「엄마의 뼈와 찹쌀 석 되」(김선우, 『내 혀가 입 속에 갇혀 있길 거부 한다면』, 2000)는 죽음이 생생해서, 「길 위에서 중얼거리다」(기형도, 『입 속 의 검은 잎』, 1989)는 '나를 찾지 말라'는 전언 때문에 필사를 해야 했다. 각 각의 시에 나타나는 다양한 이미지는 죽음 이야기로 변주되었고 필자는 그 힘으로 입관실의 그 참을 수 없는 서늘함을 오래 보듬을 수 있었다. 죽음을 읽는 동안 피붙이의 죽음은 더욱 선연해졌으며 눈꼬리가 긴 푸 른 얼굴을 기억의 사진첩에 꽂을 수 있게 되었다. 어느 순간 막연한 공포 로만 여겼던 죽음을 손가락 끝에 느껴지는 차가움 같은, 구체적인 질감 으로 수용할 수 있게 된 것이다.

그렇다 하더라도 시는 아무것도 아니다. 앞서 언급했듯이 가난한 형편을 나아지게 만들지 않는다. 죽은 피붙이를 되살리지 못하며, 미래를 꿰뚫는 예지력은 더욱 없다. 다만 곁에 있을 뿐이다. 시는 대상을 빌어 사람을 쓰는 일이며, 그것도 사람의 가장 안쪽에 자리 잡은 상처를 건드리는 작업이므로 시의 감정은 읽는 쪽으로 옮겨진다. 그들의 사랑이 너의 절망이 그녀의 미련이 그의 좌절이 속절없이 내 것이 된다.

어쩌면 시를 곁에 두는 이유는 시를 속속들이 알고 싶은 욕망보다 누군가(무언가)와 부대끼는 그 질감에 중독되기 때문이지 않을까. 이는 시를 읽을수록 내 몸 안에 수많은 타자로 우글거리게 되는 '주체의 타자화' 작업이라고 할 수 있다. 또한 타자의 아픔들과 부대끼면서 그들만의 통증이 아닌, 우리의 일이 되는 공명(共鳴)의 과정이다. 그들의 울음을 네가 듣고 나는 너를 들으며 진폭을 넓혀가는 일, 그것은 또한 사람살이의 한 모습이기도 하다. 결국 시를 읽는 일은 사람을 읽는, 사람으로 살기 위한 방편이다. 시인들이나 문청들은 이 같은 시의 역할을 믿기에 열악한 조건을 무릅쓰는 것이리라.

그런 점에서 시를 읽지 않는 시대, 특히 지역이라는 특수성과 '난해함'이라는 외면 속에서 기꺼이 버려짐을 감수하는 부산 모더니즘 계열 시인들의 시집을 읽는 일은 유의미하다. 그 속에는 지역으로 재단해서는 안 될 도시와 바다와 산과 사람들과 이야기들이 펄럭인다. 귀한 이름들이 곳곳에 피어 있다. 『아무것도 아닐 경우』는 그 진가를 알리는 데 일조하고자 한다.

시인의 소명이 하찮음의 가치를 찾는 것이라고 할 때, 독자의 소명은 그 가치를 호화롭게 누리는 것이다. 그러나 앞서 언급했듯이 시는 아

무엇도 아니기에 혹자는 잡히는 게 없다고 여긴다. 아무것도 아니기에
의미가 있다는 믿음이 독자의 입장에 어렵게 느껴질 수가 있을 터, 이 책
이 그 간극의 징검다리 역할이길 기대한다.

목
차

열면서                                    005


1부 **감정들**

　슬픔을 슬퍼하는 동안                     017
　이기록, 『소란』

　5월의 크리스마스                         027
　안민, 『아난타』

　불안이라는 전략                          038
　양아정, 『하이힐을 믿는 순간』

　누가 초인종을 누른다                      048
　박서영, 『착한 사람이 된다는 건 무섭다』


2부 **상상 밖의 상상**

　아름답기도 얼음답기도                     061
　송진, 『방금 육체를 마친 얼굴처럼』

　수다스러운 색깔들                         071
　안차애, 『초록을 엄마라고 부를 때』

　롤러코스터와 옆자리                       082
　김사리, 『파이데이』

　이상한 나라와 상상의 아이들                094
　박길숙, 『아무렇게나, 쥐똥나무』

　누가 창문이 되는 걸까                     105
　강미영, 『브로콜리 마음과 당신의 마음』

## 3부 주체 없애기

정밀하게 아웃     119
권정일, 『어디에 화요일을 끼워 넣지』

내가 되지 않게 내가 되고 있는     130
석민재, 『엄마는 나를 또 낳았다』

아무것도 아닐 경우     141
유지소, 『이것은 바나나가 아니다』

눈 밖으로 눈 굴리기     153
박춘석, 『장미의 은하』

꼭 필요한 낭비     164
신정민, 『저녁은 안녕이란 인사를 하지 않는다』

'명랑'에게 구멍 난 청바지를     176
정안나, 『명랑을 오래 사귄 오늘은』

## 4부 견자(見者)의 일

눈 뽑고 숨바꼭질     191
채수옥, 『오렌지는 슬픔이 아니고』

조금 더 보겠습니다     204
김예강, 『가설정원』

수국을 건디는 천 개의 장     214
전다형, 『사과상자의 이설』

사진과 부목     222
유진목, 『식물원』

도깨비 회칠하기     231
박영기, 『흰 것』

나가며     243

1부

/

**감정들**

# 슬픔을 슬퍼하는 동안

이기록, 『소란』 책읽는저녁, 2020.

겨울이 가고 있다. 여느 겨울과 다른 겨울이 간다. 2021년 이맘때 함께 눈을 맞던 사람들은 이곳에 없다. 그들을 놓친 사람들의 겨울이다. 망자의 이름을 부르면 패륜이 되는 곳에서 눈덩이를 굴려도 될까.

네 이름을 허용하는 것은 얼마나 많은 애도였나

매일 불투명한 식물이 무성했다 가는 길마다 바스러져서 나의 시는 갈 길을 몰랐다 예보는 시작하기도 전 끊겼지만 버거운 발자국들은 미행을 멈추지 않았다 부르는 손짓들은 그렇게 아팠다 너는 흉곽 사이로 빠져나갔다.

두려움이 사라지면 피어날 거라 생각했던 시절 돌아본 적 없으니 다시 너를 쓸 수 있을 거라 짐작했다 침묵은 활자를 따라 이어졌다 네 미소를 본 적 없이 떠났다 언제든 할 수 없는 말들만 잔뜩 젖어있었다 오늘쯤 모르는 사람을 주문할 수 있을까

몸을 포개고 보니 얼굴이 왼쪽으로 치우친 걸 알았다 혈관은 어둠을 따라 흘렀다 가방을 뒤적이다 좁은 새벽을 건졌다 설명한 적 없는 침묵을 껴안은 널 삭혔다 모든 것이 흐르던 애도였다

「애도哀悼」 전문

애도(哀悼)는 '슬플 애'와 '슬퍼할 도'를 써서 슬퍼하고 또 슬퍼하는 일이다. 프로이트는 사랑하는 사람을 상실하였을 때 깊이 슬퍼하는 것으로 상실의 고통을 회복할 수 있다고 보았다. 그렇다면 '슬퍼하고 또 슬퍼하는', '깊이 슬퍼하는' 것은 어떤 모습일까. 이기록 시인은 '네 이름을 허용하는 것'이 애도라고 이야기한다. 멕시코 전통 행사인 '죽은 자의 날'에는 제단에 죽은 자의 사진을 올려 망자를 기린다고 한다. 우리나라의 경우, 제상에 사진이나 위패를 모신다. 망자의 사진이나 위패는 상실의 대상과 만나는 통로라고 할 수 있다. 위패에 적힌 이름을 되짚고 사진을 어루만지는 것으로 죽음 존재를 죽음으로만 방치하지 않는 것이다. 그러므로 이름은 개별 존재가 죽음으로 살 수 있는 삶의 끈이다. 그의 이름을 불러주는 것으로부터 애도는 시작된다. 그러나 위패도 사진도 없는 곳에서 누굴 불러야 할까. 2022년 가을, 이태원에서는 '깊이 슬퍼할' 공간도 주어지지 않은 채 일주일의 애도 기간이 만료되었다. 과연 '애도'는 만기 가능한 감정인가.

「애도」에서 화자는 '애도' 과정의 고충을 언급한다. '흉곽 사이로 빠져나가'버린 '너'로 인해 '매일 불투명한 식물이 무성'하고 '가는 길마다 바스라져서' 시를 쓰지 못한다고 토로한다. 누군가 '미행을 멈추지 않'고 '부르는 손짓들은 그렇게 아팠'으며, '너를 쓸 수 있을 거라 짐작했'으나 '할 수 없는 말들만 잔뜩 젖어있었다'고 고백한다. 한 마디로 일상생활로 복귀하지 못한 상태인 것이다. '오늘쯤 모르는 사람을 주문할 수 있을까'라는 질문이 '너'를 대체할 누군가와의 소통을 암시한다. 그러나 화자가 시도하는 애도는 흐른다는 점에서 회복 불능상태이다. 슬픔의 고통에서 벗어나려면 슬픔이 약화하거나 말라야 할 텐데 '혈관'처럼 끊임없이 흘러다닌다. 그러니까 산 사람의 몸에 피가 돌 듯이 '너'를 상실한 슬픔이 여전히 살아있는 것이다.

이방인의의 입술에 침을 바른다
내가 바라본 것은 숨 가쁜 일이다
순간이 지나고 다시 순간이 지나고
매번 지나는 소리가 오늘은 제자리를 돌고 있다
멈춰선 시간은 눈이 부은 채 거울 뒤로 사라졌다
볼 수 없는 이마들
지리멸렬한 말들이 부는 무덤이다
밖에는 폭우가 내렸고 불에 탔으며 간간이 마을이 잠기기도 했다
그렇게 지나가는 몸이다

목이 가시에 찔려서 너의 이름을 부를 수가 없다
물속 가득 사라진 너의 이름을 부를 수가 없다
기억하지 않는 바다 위를 떠돈다

이것은 너에 관한 기억이며 내가 할 수 있는 기억이다
무너진 기억은 다시 살 수 없는 기억이다
잡을 수밖에 없는 기억만 기억된다

이름들이여 그렇게 기억하시라

「드라이플라워」 부분

위 시는 세월호를 연상시킨다. 단서라고는 '물속 가득 사라진 너의 이름'이나 '기억하지 않는 바다 위를 떠돈다' 정도지만 그것만으로도 선

연하다. 시에서 이름은 기억을 떠올릴수록 '목'을 찔러서 차마 부를 수 없는 아픔이다. 그러나 '너의 이름을 부를 수 없다'는 것은 '너의 이름을 기억하려는, 기어코 '너'를 놓지 않으려는 화자만의 기억 방식이다. 화자는 '너'를 상실한 이후 '순간이 지나고 다시 순간이 지나고/매번 지나는 소리'를 들었으나 문득 제자리임을 깨닫는다. '밖에는 폭우가 내렸고 불에 탔으며 간간이 마을이 잠기기도 했다'고 인지하지만, 그러한 일상은 화자의 감정과는 별개로 그냥 '지나는 몸'이다. 무언가 지나고는 있으나 그것은 단지 물리적인 시간일 뿐, 상실감을 희석하거나 고통을 완화하는 역할이 아니다. 여기서 시간은 지나면 지날수록 가시가 더 날카로워지는 '드라이플라워'를 양산한다. 앞서 말했던 프로이트의 애도 과정을 역행하는 상황인 것이다.

시는 여러모로 <생일>(이종언, 2018)과 닮아있다. <생일>은 세월호 사고로 아들을 잃은 한 유가족의 일상을 그리는 영화로, 충분히 시간을 갖고 '깊이 슬퍼하는 것으로' 사랑하는 대상을 잃은 슬픔이 회복될 수 있다는 걸 부정한다. 주인공 순남은 세월호 사고로부터 몇 년의 시간이 흘렀음에도 아들 방을 수호가 살아생전 사용하던 그대로 둔다. 수호를 위해 새 옷을 사고, 침대 커버를 빨아 다시 씌운다. 그리고 오작동으로 인해 현관 센서 등이 자동으로 켜질 때마다 수호가 왔다고 여긴다. 그러한 환상은 급기야 대성통곡으로 이어진다. 이종언 감독은 순임을 세월호 희생자 유가족을 대표하는 하나의 증상으로 이미지화한다. 그들이 세월호 사건이 발생한 2016년 4월 16일 상황보다 훨씬 더 힘겨운 시간을 버티고 있다는 걸 영화 속에 담아낸다. 상실의 슬픔이 시간이 경과한다고 해서 경감되는 것이 아님을 순임이라는 인물을 통해 전하고 있다. 「드라이플라워」에서 '이름들이여 그렇게 기억하시라'고 하는 이유 또한 시간이

약이 될 수 없다는 걸 보여준다. 가시며 줄기며 잎맥의 흔적까지 고스란히 남아 있는 '드라이플라워' 방식은 '잡을 수밖에 없는' 기억이며, 그렇게라도 오래 기억해야 한다는 역설을 이야기하고 있다.

침몰한 배에 관한 꿈을 기억하는가 누군가 남기고 간 가방에서 울음이 쏟아졌다 쏟아진 수첩을 주워 시계에 올려두었다 시침은 같은 방향을 가리키며 올려다보았다 수직과 수평의 경계에서 절뚝거렸다 남아있을 것에 대한 두려움이 남아있을 뿐 끔벅거리는 입으로는 말을 건넬 수 없어 깊이 잠들었다 일어나지 않겠지만 심장을 일 년이고 십 년이고 쪼이고 있었을 뿐 같은 시간을 바라보는 것은 두려움이었다 무너지는 것에 대한 예의를 이야기했다 그 바다의 이름을 부를 수 있는가 그 꿈을 기억하는가

「Ghetto」 전문

시에서는 '침몰한 배에 관한 꿈을 기억하는가'라고 하여 세월호와의 관련성을 구체적으로 언급한다. 이 시 역시 멈춰버린 시간, 즉 '같은 시간'에 대한 '기억'에 천착한다. '누군가' '가방'을 '남기고 간' 그날을 떠올리면 '심장을' '쪼'는 '두려움'이 엄습한다. 그로 인해 '남아있을 것에 대한 두려움'을 '끔벅거리는 입으로는 말을 건넬 수 없어 깊이 잠들'기도 한다. 세월호 트라우마가 삶을 'Ghetto'라는 구역 안에 가둬버린 것이다. 여기서 Ghetto는 이중적인 의미를 내포한다. 하나는 앞서 언급한 <생일>의 순임처럼 스스로 세계와 단절해버리는 상황이며, 나머지는 사회가 만든 '세월호' 철책이다. 사고 이후 시간이 지날수록 '세월호'라는 단어를 언급하는 것에 거북함을 드러내는 일부 사람들과 그것을 정치적으

로 이용하는 무리가 있었고, 그 프레임은 7년이 지났음에도 여전히 견고하다. 그럼에도 불구하고 얘기해야 할 것들이 있지 않은가. 화자는 '무너지는 것에 대한 예의를 이야기'한다. '그 바다의 이름을 부를 수 있는가 그 꿈을 기억하는가'라고 질문함으로써 Ghetto라는 철책을 뜯고 있다.

「애도」와 「드라이플라워」, 「Ghetto」는 이미 상실한 대상임에도 타자를 쉽게 떠나보내지 못하는 공통점을 가진다. '잡을 수밖에' 없는 필연성을 강조한다. 「숨내」를 통해 그 이유를 살펴보자.

당신이에요?
냉장고는 닫아두세요 알맞게 부패한 내가 누워있는 곳은 당신의 어깨인가요 침대를 둘러싼 혓바닥은 흐물흐물 떨어지네요 발목에는 거울을 묶어주세요 어제를 덮어쓰고 부르던 노래가 상했잖아요 시간은 막차를 놓쳐 버렸으니 천천히 걸음을 옮겨주세요 열두 시가 되면 널어둔 이불 위에서 나비들이 사라질지 몰라요 뾰족한 난간에서 춤추기 시작할까요 어깨가 닳고 있는 나는 숨이 없네요 입을 연 적은 없었지만 당신은 빙하처럼 다가왔어요 난 정말 하야니까요

그리 오래는 아닌가 봐요 숨내 나는 당신

「숨내」 전문

시의 정황상 '나'는 이미 부패한 존재로, '혓바닥'이 '흐물흐물 떨어지'고 '어제' '부르던 노래'는 이미 상한 상태이다. 정말 하얀 모습으로 '어깨가 닳고 있'는, 화자 자신의 말대로 '숨이' 붙어 있지 않은 죽음 상태인 것이다. 그런 '나'에게 '당신은 빙하처럼 다가'온다. '빙하'라는 가

늠할 수 없는 무한의 모습이나 끝 간의 냉혈은 십중팔구 저승사자의 형국이다. 그런데 '빙하' 같은 '당신'에게서 '숨내'가 느껴진다. '숨'은 인간을 죽게 하는 가장 손쉬운 선택지다. 사극의 처형이나 고문 장면에서 흔히 들을 수 있는 "숨통을 끊어놓거라."라는 대사처럼, 숨은 말 그대로 죽음과 직결된다. 그런 점에서 '숨'은 삶으로의 통로요, 이승의 일이다. '숨내'가 느껴진다는 것은 '당신'이 죽음 바깥의 존재임을 증명하는 셈인 것이다. 결국 '내'가 '당신'의 숨내를 맡는 행위 자체만으로 '나' 역시 죽음 쪽에 있지 않는다는 공식이 성립한다. 숨내 는 '당신'으로 지칭되는 존재로 인해 '내'가 생을 자각하는 이야기라고 할 수 있다. 누군가의 '숨내' 만으로도 죽음과 다름없는 '나'의 삶에 숨길이 열릴 수 있다는 걸 보여준다. 타자는 자아를 변모하게 만드는 존재인 것이다.

한편으로 '숨내'는 그리움을 구체화한 감각이라고 할 수 있다. 후각은 영아기 가장 빨리 발달하는 감각이다. 이는 시각보다 앞서 냄새로 엄마를 구별할 수 있다는 뜻으로, 후각이 자신을 지켜줄 존재인지 그 반대인지 판단하는 기준이 된다. 생존본능과 직결되는 문제인 것이다. 그러므로 '숨내'는 사람의 냄새이다. 궁극적으로는 엄마 냄새, 즉 생명의 냄새라고 할 수 있다. 이는 『소란』의 지향점이기도 하다.

『소란』은 이기록 시인의 첫 시집이다. 그런데 여섯 줄밖에 되지 않는 시인의 말에서 '쓴다'는 표현을 세 번이나 반복하고 있다. 첫 시집에 들인 공을 고스란히 느낄 수 있는 표현이 아닐까 싶은데, 무엇을 잃어버렸는지에 대해서 아무런 언급 없이 '내내 잃어버려서/쓸 때마다 허기가 진다'고 말문을 여는 시작점에 호기심이 생긴다. 한 번도 아니고 '내내' 무엇을 그렇게 잃어버리는 걸까.

꺾인 구두에서 숨이 자란다 휘어진 행간을 덥석 물고 간 구름 입구를 핥는 금 간 글자들이 녹슨다 변색한 햇볕을 가르자 예민한 심장이 튀어나왔다 파고들수록 색유리가 떨어져나온다 더는 초대 없는 문에서 견고한 바람을 불렀다 열리지 않는 구절이 피어나는 간판을 바라봤다 며칠째 안으로만 구워졌다 읽다 만 행성들이 느리게 걸어갔다 부풀어 오른 담장은 습관처럼 고양이 꼬리가 흔들렸고 긴 이름을 가진 숫자들이 벽마다 붉었다 계단은 오르기 위한 게 아니었다 아직 휘지 않은 가지들만 끝으로 밀려갔다 아직 혀끝이 오므라들어 입구를 열지 못했다

「철거 예정 지구」 전문

시인은 누군가 잃어버린 것을 능숙하게 찾는 눈을 가진 듯하다. 시의 배경은 '철거 예정 지구'이기 때문에 당연하게도 금 가고 녹슬고 변색한 것투성이다. 빈집으로 '바람'이 들락거리는 것도, '고양이'가 출몰하는 것도, 벽에 갈겨진 붉은 숫자들을 맞닥뜨리는 것도 익숙한 풍경이다. 그와 함께 '꺾인 구두에서 숨이 자'라고 '변색한 햇볕을 가르자 예민한 심장이 튀어나'오고 '아직 휘지 않은 가지들'이 있다. 모두가 햇볕 쪽으로 박차를 가하는 중이다. 시가 집중하는 것들은 함몰되거나 파헤쳐질 '철거 예정'된 '생명'이라는 점에서 안타까움을 더한다. 그런 점에서 「철거 예정 지구」는 진부하다. 철거와 관련한 여타 시들이 보여주는 모습을 그대로 답습하고 있는 듯하다. 그런데 시인은 안타까움의 강도를 조금 더 끌어올린다. '아직 혀끝이 오므라들어 입구를 열지 못했다'는 마지막 문장을 더함으로써 나무나 고양이 외에도 '철거 예정 지구'를 벗어나지 못한 존재가 있다는 것을 암시한다. 이로써 '꺾인 구두에서 숨이 자란다'라는 은유가 버려진 구두에서 들풀이 자라는 낭만으로 한정되지 않으며,

'변색된 햇볕을 가르자 예민한 심장이 튀어나'온 것 또한 납득할 수 있게된다. 그러니까 「철거 예정 지구」는 숨은그림찾기처럼 버려진 것투성이 속에서 잃어버려서는 안 되는 것을 찾아야 하는 시인 것이다.

귀가 왼쪽으로 흐를 때 그들은
매일 국숫집에 들러 한 움큼의 머리카락을 쏟아 놓고
떠났다 기댄 뼈들이 갇혀
무너졌다 몸을 가릴 만한 순간을 만들기 위해
쉴 곳을 찾아 헤맬 때


가장 완벽한 모자를 쓰고 눈들이 걸어왔다 정면을 바라보는 순간을 기록했다 놓친 시간이 웅성거렸다 뒷모습은 언제나 눈을 뜨고 있었다


수컷들은 수컷다웠지만
암컷들은 암컷다웠다 유리들은 소란스러웠다 오래
기다려야 했다 두 개의 손가락을 걸어 두었다 걸음을 따라


눈들이 돌아갔다 말랑한 면발을 들어 보이자 슬픔은
굳세게 살아남았다 기척을 따라 움직이는 것들은 가볍게
더러워졌다 벌거벗은 미소만 단단한
냄새를 풍기고 있었다


너무 나이 들었다 우리는

「소란騷亂」 전문

슬픔을 슬퍼하는 것은 누군가를 살게 하는 일이다. '메밀 국숫집에' 서 '소란'을 맞닥뜨리는 일처럼 살아있게 만든다. 「소란」이 표제시가 될 수밖에 없는 이유를 찾는다면 슬픔의 힘을 얘기하고 있기 때문이지 않을까 싶다. 「소란」의 정조는 제목과 상반되게 쓸쓸하다. '메밀 국숫집' 을 다녀가는 '수컷다'운 '수컷들'과 '암컷다'운 '암컷들'이 '소란'의 주범들이지만 그들은 모두 다녀가는 존재들이다. '한 움큼의 머리카락을 쏟아 놓'거나, '정면을 바라보는 순간을 기록'하지만 예외 없이 '돌아간'다. '메밀 국숫집'은 잠시 허기를 채우고 몸을 쉬는 간이역 같은 곳일 뿐이다. 그렇기에 국숫집을 채우는 '소란'은 정체가 아니라 '환기' 또는 '사는 맛'이라고 할 수 있다. 손님들이 풀어내는 이야기 역시 '놓친 시간'이자 눈 감을 줄 모르는 '뒷모습'이지만, 삶은 그러한 방식으로 놓여나고 이어진다. '가장 완벽한 모자'를 썼다고 자부했으나 결국 '기척을 따라 움직이는 것들' 속에 있다. 그렇게 다 같이 '가볍게 더러워'진다. 위계가 생존할 수 없는 조건이 되는 것이다. 여기서 더러워지는 과정은 오염이나 타락이 아닌 서로 접촉하는 '부대낌'으로 읽을 필요가 있다. 「소란」에 등장하는 인물들은 '완벽한 모자'를 썼든 그렇지 않든 모두 '메밀 국숫집'으로 들어온 사람들이다. 메밀국수를 먹고 난 뒤에는 '뒷모습'으로 떠난다. 그러는 동안 어깨를 부딪히거나 옷깃을 스치면서 공간을 나눈다. 그렇게 부대끼면서 '슬픔'이 슬픔으로 '굳세게 살아남'거나 '발가벗은 미소'로 '단단'해지는 것이다.

지난밤, 한파주의보가 내려진 거리로 사람들이 모여들었다. 뒤늦게 자리를 잡은 영정사진들과 그들의 이름과 함께 촛불이 켜졌다. 슬픔을 슬퍼할 권리를 찾기 위해 촛불이 흔들렸다.

# 5월의 크리스마스

안민, 『아난타』, 세상의 모든 시집, 2019.

    5월, 눈사람을 선물 받았다. 오래 꺼안고 있어도 녹지 않는 감정이 빈 목을 휘감는다.

그대가 건네준
파란

목도리를
두른 채 술을 마시는데
겨울이 왔다 백 년 후의 십이월
진눈깨비 같은, 그즈음 독재국가
에선 어린 여자를 사랑한 남자 먼
길을 떠났고 안녕하지 못한 어느
시인이 본적을 파냈고 매혹적인
유부녀는 이혼을 모색하였다
낙타는 제 눈물을 마시며
저녁 사막을
횡단하였고 난 이유도 없이 어두웠
고 …입이 있지만 말 없음을 용서 바랍니다 목
이 참 따뜻하여 사랑하지 않아도 되어 슬펐고 슬픔이
아득하게 차가워 쉽게 녹지 않을 거라 여겨 불행하지 않
았다 목이 포근하였으므로 비윤리적이었고 몰락에 집중하였
고 내 유성만 바라보았다 겨울은 깊어 그대 건네준 목도리 빛
깔처럼 본향 카시오피아는 푸른 바람 펄럭였고 난 좀체 녹지
않았고 …아, 눈이 있지만 바라보지 못함을 용서 바랍니다 그
러니까 고백하자면 나는 목 이외엔 모두 가난하였다 …내가
여전히 둥글게 보입니까 자주 질문하였고 그러면 밤하늘 카
시오피아는 셀 수 없을 만큼 나를 낳았다 하얗게 흩날리던
내 영혼이 발아래를 내려다보면 그대 눈 안에서도 밖
에서도 목도리 포근한 울처럼 평화로웠는데 나는
아무도 몰래 해빙점에 가까워지고
있었다 정말이지

아무도 몰래 누군가 내 몸을 버리고 있었다

「눈사람」 전문

위 시는 두 개의 원을 포갠 온전한 형태로 서 있다. 목도리를 선물 받았다고 했으나 목은 여전히 가냘프고, 손가락으로 밀면 툭! 부러지고 말 것 같다. 불안의 발원지를 찾자면 원에 원을 더한 불완전한 외형이 눈에 먼저 들어오지만 궁극은 '해빙점'일 것이다. 눈은 애초에 녹을 수밖에 없는 물의 성질이므로 눈사람은 눈사람으로 만들어진 순간부터 녹는 사람인 셈이다. 그렇기에 「눈사람」 속 이야기들은 완벽한 원에서 비켜나고 비켜난다. 사랑이 이루어지지 않거나 이혼하거나 시인이 고향을 등지거나 낙타는 저녁에도 사막을 횡단해야 한다. 어그러지는 여러 정황 중 치명타는 '이유 없이 어'둡고 '입이 있'으나 '말 없'고 '눈이 있'으나 '바라보지 못하는' '나'이다. '슬픔'과 '몰락'을 목도리처럼 두른 채 '둥글'어야 하는 '나'는 이미 버려진 존재이다. '아무도 몰래 누군가 내 몸을 버리고 있었'던 것이다. 그러니까 「눈사람」에서 '눈'은 버려지는 존재의 상징이다. 시에서는 '밤하늘 카시오피아는 셀 수 없을 만큼 나를 낳았다'는 역설로 표현되는데, 여기서 '버려짐'의 피동적 상황을 '낳다'라는 생산적 표현과 대치시킴으로써 사태로부터 외면당하는 '나'의 상황을 더욱 부각시킨다. 이는 '안녕하지 못한 어느 시인'의 생활과 닮아있다. 시인이 안녕하지 못한 이유는 '독재국가'에 살고 있기 때문이며, '겨울이 왔기' 때문일 것이다. 가난한 시인에게는 '독재국가'나 '겨울'을 버텨낼 비책이 없다. 그가 할 수 있는 일이라곤 '본적을 파' 제 몸의 근간을 죽이는 정도이다. '본향'인 '카시오피아'로부터 끊임없이 멀어지고 사그라지는 '나'의 입장과 다르지 않은 것이다.

안민의 시가 세계를 표현하는 방식은 몸에 몸을 끼워 붙이는 접목(Grafting, 椄木)에 가깝다. 이때의 두 몸은 접목의 필요충분조건인 윤기가 흐른다거나 튼실하다거나 생기가 도는 양지의 기운을 가지고 있지 않다.

### 1

입이 없다. 입이 없지만 때로는 운다. 나는 겨울이거나 낙엽. 밤이 오는 게 두렵다는 듯 아프게 우는 새에게 경의를 표한다. 새의 울음은 독백이거나 문학. 당신의 문학은 불온했습니까. 최소한 나의 구간은 눅눅하고 음습합니다. 몰락의 바닥이 어디쯤인지 알 수 없다. 몰락은 홀로 하는 전위예술. 깨어진 선인장 화분이거나 찢어진 명태.

(중략)

### 5

아름답게 태어나지 못한 생각이 가시밭에서 자란다. 누가 가시를 엮어 침대를 조립하는가. 가시밭은 전생이거나 후생의 오늘 밤. 내가 누운 곳은 한 뼘 지도일 수도 다쉬테 사막일 수도 있다. 수음을 설계하다 그만두는 밤이면 모래 먼지 뿌옇게 들이친다. 나도 침대도 더는 키가 자랄 수 없다는 걸 생각할 때면 눈 안에서 붉은 선인장이 피어난다.

「침대가 있는 무대」 부분

위 시의 무대는 '눅눅하고 음습'하며, '몰락'이자 '다쉬테 사막'이다. 도저히 침대가 자랄 수 없는 환경이다. 이러한 환경은 화자인 '나'의 구성요소이기도 하다. 나는 '겨울이거나 낙엽'이며, '나'의 생각은 '가시밭'의 산물이다. 생각들은 '불온'하고, '모래 먼지'를 일으키며 죽음의 사막을 휘돈다.

감기인 줄 알았는데 말기였고

모래인 줄 알았는데 바위였다

눈물인 줄 알았는데 폭우였고

정말이지 뇌출혈인 줄 알았는데 우울이었다

모든 게 경계 넘어 악성이었다

내가 누군지 알지 못합니다

여기가 무덤입니까

「해당화」 부분

위 시는 안다고 생각했던 것들을 가볍게 뒤집어버린다. 해변 경계에서 피는 해당화는 가시적으로는 꽃이지만 '말기', '바위', '폭우', '우울'이라는 여러 증상으로 나타난다. 그것도 악성이라서 자기 자신이 '누구인지'조차 알지 못'한다. 고통 속에 놓인 화자는 단 한 번도 꽃이 아닌 적 없었지만 꽃인 것조차 모른다.

아빠를 쓰레기로 취급한 딸애의 귀여운 입술이 떠오른다. 애야, 곧 깨닫게 될 거다. 누구나 쓰레기 더미를 뒤적이다 쓰레기가 되어 한 생을 마감한다는 것을

「출가」 부분

위 시의 화자는 딸에게서 '쓰레기' 취급을 받는다. 그러나 그런 취급을 받는다고 해서 슬퍼하거나 억울하거나 화를 내는 것이 아니라 화자 자신이 '쓰레기'임을 시인한다. 자신뿐만 아니라 '누구나' 쓰레기가 되어 한 생을 마감한다는 것을' 이미 알고 있다.

지금까지 언급했던 네 편의 시로 접붙이기를 한다면 십중팔구 모두 죽고 말 환경이다. 하나같이 음침하고 습하고 우울하고 구겨지고 악화일로의 병증을 내비친다. 그뿐이랴, '서랍 속엔 길 잃은 손들이 그득하'(「묵찌빠」)고 '아직도 나의 등은 구원되지 않았는데 몇 마리 등들이 나의 등에 포개져 울고 있다.'(「후면도」)『아난타』를 한 단어로 표현한다면 '몰락'이라고 할 만큼 시의 정조가 어둡다. 안민 시인은 자신의 문학관을 이야기하는 글에서 비관적 사고관을 가졌다고 고백했다. 그는 30대에 중병을 앓았다고 한다. 당시 말기 암 환자와 2인실에서 함께 지내면서 인간 생의 9할이 슬픔과 고통일지 모른다고 여겼다는데, 그런 탓인지 자신이 지나온 시간을 '아픔, 고통, 죽음'으로 명명하고 있다. 「해당화」에서 꽃향기 대신 죽음을 만끽할 수 있는 것은 그러한 연유 때문일 것이다. 그러나 시를 온전한 시인의 이야기로 해석한다면 그것 또한 오류를 범할 위험성이 있다. 그러므로 해당화가 피는 해변을 죽음과 삶의 경계로 받아들인 것은 안민 시인의 세계에 대한 경험이라기보다는 시적 자아의 세계로 읽는 것이 타당할 것이다. 그렇다면 안민 시인은 왜 무겁고 어둡고 암울한 시적 자아를 상정한 것일까? 이성복 시인의 말을 빌리면 시는 '말할 수 없는 것을 말하려다 계속해서 실패하는 형식'이다. 이는 다르게 말하면 시는 하고 싶은 말의 '빌미'이자 '틈'이라고 할 수 있다. 그러니까 안민 시의 '눅눅하고 음습'하며 '우울'인 동시에 '악성'이자 '몰락'은 하나의 '빌미'를 제공하는 요소인 것이다. 이제 '눅눅', '음습', '우울', '악성', '몰락'의 틈을 비집고 그 안을 훔쳐보자.

　　어머니가 유치를 지붕 위로 던지고부터 낯선 보병이 내 손을 지붕
　　으로 이끌었다 유년을 잃었고 이 층이었고 삼 층이었고 고원이었다 누

구도 나를 향해 총질하지 않았고 누구도 수류탄을 터트리지 않았다 하지만 전장이었다 나는 포병도 공병도 아닌 지붕을 기는 전사였다 사춘기가 지붕을 타고 왔듯 겨울도 지붕에서부터 시작되었다 최초로 접한 지붕은 북국 설산처럼 가파르고 아찔했다 두려웠지만 황홀하였다 그러나 전장에 속했으므로 찢어진 깃발처럼 너덜거렸다 폭설이 군단 병력으로 몰려왔고 자주 눈사태를 만났다 누구도 나를 향해 무전 치지 않았고 누구도 특공대를 파병하지 않았다 아름다운 풍경에 추락하였고 양철 지붕 위였고 설국의 매혹이었다 (중략) 어쩌다 생경한 지붕이 흘러오기도 했다 삐걱삐걱 위험하였는데 햇살이 스미고 있었다 종종 지붕을 옮겨 탔고 아늑했지만 나는 여전히 전장 안쪽에 속했다 누구도 총질하지 않았고 누구도 수류탄을 까지 않았고 지붕 아래는 타인의 구간이었다 그러던 언제부턴가 지붕이 기울기 시작했지만 나는 일관되게 지붕 위였다 포탄 한 발 명중되지 않았지만 어떤 구원도 없던 밤 지붕은 폭삭 내려앉았고 전투는 끝났고 모든 게 고요했다 밤마다 지붕을 타던 고양이가 몰락한 지붕 곁에서 야옹- 야옹- 울고 있었다

「지붕 위에서」 부분


대략 6~7세부터 유치가 빠진다고 봤을 때 화자는 초등학교에 들어가기 전부터 '지붕'으로 지칭되는 세계로 내몰린다. 지붕은 '가파르고 아찔'하며 화자는 '찢어진 깃발처럼 너덜거렸'고 '자주 눈사태를 만'난다. 시의 전문을 살펴보면 '전투는 끝나지 않았고' 계절조차 '뒷걸음질' 친다. 한마디로 '전장'인 것이다. 화자는 지붕이 기울어도 '일관되게 지붕 위'를 고수하는데, 그가 지붕이 폭삭 내려앉을 때까지 지붕 위에서 내려오지 않는 이유는 내려올 수 없기 때문이다. '지붕'은 화자의 '유년'과

'사춘기' 그리고 나머지 시간을 '겨울'처럼 견뎌낸 가정을 상징한다. '누구도 나를 향해 총질하지 않았고 누구도 수류탄을 터트리지 않'았지만 가족이 함께 있는 곳이 바로 전쟁터인 것이다. 화자는 이미 6~7세 무렵부터 가정이 전장임을 알아챘다고 해야 할까. 아무튼, 어떤 가정은 틈을 비집고 들여다보면 서로 총부리를 겨누고 대치하는 것과 같은 위험천만한 모습일 수도 있다는 걸 이야기하고 있다. 시인의 가족에 대한 위험성 인식은 「고립국」에서도 나타난다.

### 위험한 가계

아버지의 생은 야행성이었다 아버지는 밤에 태어나 밤의 빗장을 열었다 종갓집 종손이었던 아버지는 가계의 후면을 주로 후벼 팠는데 먼 조상들의 영혼까지 흙빛으로 질려 펄럭였다고 한다 그 후 아버지는 몇 해에 한 번 정도 달빛 없는 야음을 틈타 나타났다가 머잖아 바람을 맞아 차갑게 식어갔다

(중략)

유년 시절, 어머니의 손을 붙잡고 긴 방죽을 따라 외가로 가곤 했는데 방죽이 좁아지는 곳에선 바람이 몰려다녔다 그럴 적마다 어머니 손을 뿌리치고 내 영혼을 끄집어내 시퍼런 강물 속에 던지고 싶었다. 외가에서 돌아올 때면 어머니 눈 속에는 칠흑 같은 어둠이 고였고 할머니는 붉은 고함을 질러댔다 어느 겨울, 할머니도 싸늘하게 식은 채 바람에 실려 북편으로 떠났는데

「고립국」 부분

위 시는 화자가 앓고 있는 병증의 근원을 다룬다. 시는 '병증', '위험한 가계', '본향'이라는 세 개의 소제목으로 구성되어 있으며, '병증'에서 '생니를 몇 대 뽑'았는데 '습한 바람이 들락'거린 탓에 '사춘기 이후부터 어느 구멍에선가 피가 뚝, 뚝, 떨어졌다'고 화자는 고백한다. 이 '습한 바람'은 '위험한 가계' 속 죽은 영혼들을 휘돌던 바람이며 꿈속을 뒤집는 '본향'의 바람이다. 화자에게 '바람'은 남다른 감각이다. 화자는 '바람의 습성은 늘 어둡고 허기진 곳을 향해 몰려다니는 것이고 그 유물'을 자신으로 상정하는데, 아버지와 외할머니가 깊숙이 관여하고 있다. 아버지는 '종갓집 종손'임에도 불구하고 제대로 가계를 돌보지 않고 밖으로만 나돌다가 소위 풍('바람을 맞아')으로 불리는 뇌졸중으로 사망한 것으로 보인다. 화자의 어머니가 의지하던 외할머니 역시 '바람에 실려 북편으로 떠났'으니, 그가 '바람'의 '유물'임을 부인할 수 없다. 「고립국」이라는 제목에서도 알 수 있듯이 가족은 화자를 고립 상태에 놓이게 만든 존재들이며 그로 인해 화자는 '어둡고 허기진' 습성을 가진 바람으로 떠돌게 된 것이다.

5월은 장미가 이웃 담장을 타고 넘는 달이자 기념일이 많은 달이다. 누군가에게는 담장의 싱그러운 장미를 자르고 싶은 달이자 달력 속 기념일들을 지우고 싶은 달일 것이다. 카네이션은 꽃집마다 군락을 이루고, 바구니마다 밑 잘린 꽃들이 밑을 가린 채 들어차 있다. 사나흘이면 시들 꽃잎들 소담스럽기도 하지. 팔리거나 팔리지 않거나 폐기처분 될 것들이지만 5월의 꽃바구니는 난해한 시와 같아서 누군가에게는 만만찮게 감정 소모를 유발한다. '습한 바람'의 '유물'인 사람에게는 더더욱 눈 맞추기 힘든 풍경이리라. 눅눅하고 음습하며 우울하고 악성이며 몰락인 안민 시의 빌미들은 어쩌면 '무너져내린 지붕'과 마주하려는 안간힘이지 않을까. 그러나 '어머니가 유치를 지붕 위로 던지'기 전으로 돌아가는 것은 불가능하며, 불가능을 인정하는 일은 남은 시간을 혼자 견뎌야 한다는 것을 상정하기에 지독한 외로움을 동반한다. 안민 시의 접목법이 성공할 수밖에 없는 조건인 것이다.

얼음처럼 빠지직 녹으며 타들어 가고 돌처럼 단단하게 굳어가며
연소된다 나는 이런 방식으로 여기까지 왔다 타오르기 위해

슬픔을 흘린다
통점이 번진다

녹아내리기 위해 녹아 불붙기 위해

돌로 얼음을 두드려 기억을 부른다
돌로 심장을 두드려 비가를 부른다

그러다 결국 딱딱해진다
점점 조그맣게 딱딱해지며 희미해질 거다

딱딱하고 차갑고 창백한 것들이 좁은 혈관을 타고 상승한다 눈물
이 끓는다 끓는 눈물 속에서 타오르는 하얀 침묵,

굳어간다

(중략)

다들 어둠의 입자가 하얗게 될 때까지 녹아내린다 다시 굳어질 줄
알면서도

연소된다 뼈와 치아와 무릎과 손가락이 물러지며

「파라핀」 부분


「파라핀」의 정조 또한 안민 시인의 다른 시들과 별반 다르지 않다.
'여전히 딱딱하며 차갑고' '창백하'다. 그런데 이전과는 다른 느낌이 감
지된다. 뭔가 자꾸 움직인다. 흐르고 번지고 끓고 타오르고 상승한다. 이
는 이전 시에서 볼 수 없었던 '뜨겁다'는 형용사 때문일 것이다. 화자는
고백한다. '녹아내리기 위해 녹아 불붙기 위해' 슬프고 아팠다고, '타오
르기 위해' 녹고 타들어 가고 굳고 연소 되었노라고, '다시 굳어질 줄 알
면서도' '뼈와 치아와 무릎과 손가락이 물러지며' '연소'되고 있다고. 시
는 불을 밝히는 초의 특성을 이야기하는 듯하다. 그러나 앞서 설명했듯
이 역동성을 보인다는 점에서 새로운 시도를 하고 있다고 여겨진다. '파
라핀'은 초의 원재료이기도 하지만 관절염을 다스리는 용도로 쓰이기도
한다. 관절염 치료 전문 병원에 가면 액체화된 파라핀에 손을 담그고 있
는 사람들을 만날 수 있는데, 파라핀이 통증 완화에 도움이 된다고 한다.
필자도 시어머니의 파라핀 치료과정을 옆에서 지켜본 적이 있다. 당시
어머니 손은 담갔다 빼기를 반복할수록 점점 거대해졌다. 겹겹으로 굳어
진 파라핀을 벗겨내면 손은 빈틈없이 붉었고, 용기 속에서 곧 녹았지만
막 벗겨낸 파라핀은 방한용 장갑처럼 두툼했다. 겨울 한 철은 버텨줄 것
처럼. 그러니까 용기 속의 액체 파라핀은 매일 몇십 컬레씩 만들어지는
통증 완화용 장갑공장인 셈이었다. 시에서 화자의 '녹아내리는' 행위는

'굳어'지는 일이지만 '굳어'지는 것은 폐기처분 상태가 아니라 다시 녹을 가능성, 즉 새로운 장갑이 될 잠재성의 상태라고 할 수 있다.

『아난타』는 『게헨나』(한국문연, 2018)에 이은 안민 시인의 두 번째 시집이다. 백색 바탕에 남빛 행성 하나 둥글게 박혀있는 시집 표지는 '우주가 한 점보다 더 외롭고/희미했을 때부터/나의 如原은 겨울이었을 것이다.'라고 쓴 자서(自序) 이미지를 그대로 옮겨 놓은 것처럼 시리고 황량하다. 그러나 책장을 넘기면 뜨거운 한 철을 녹여줄 목도리와 장갑을 받게 될 것이다. 메리 크리스마스!

# 불안이라는 전략

양아정, 『하이힐을 믿는 순간』, 황금알, 2021.

시를 쓸 때 시인은 괴물이 된다. 눈을 없애고 귀를 닫고 얼굴을 뭉갠다. 몸의 눈을 뜨고 귀를 열고 오감을 뒤집는다. 구분을 지운 채 감각으로만 호흡한다. 몸의 말이 켜질 때까지.

> 어떤 사람에겐 터널이
> 누군가에겐 지름길이다.
> 계단이 납작 엎드려 공황장애를 앓고
> 바람은 계단의 꼭대기에서 춤춘다.
>
> (중략)
>
> 뒷모습뿐인 거울
> 소파가 침대가 되는 시간은 그리 길지 않았다.
> 불황과 공황을 오독하지도 않는다.
> 새로운 세상이 온다는 낙서가
> 이 벽 저 벽 뛰어다닐 때
> 벚꽃의 공약은 일용직 잡부를 재배할 거라는 촉지도
> 이건 서막에 불과할지도
> 아무도 모른다.
> 흰 달은 셔터를 두드리는데
>
> 「티눈이 자란다」 부분

양아정 시인은 몸 전부를 눈으로 사용하려는 것 같다. 시인의 눈은 터널의 어둠이나 거울에 뒷모습만 비추고 있는 '그'의 불안과 벚꽃의 일용할 빛의 쓰임에 집중한다. '불황'은 사물조차 '공황장애'를 앓게 만들기에 '불황' 속에 놓여있는 '그'의 일상은 시야가 확보되지 않는 '조명 꺼진 터널'이다. 방문객 하나 없이 오롯이 혼자 견디는 거울이다. 시 전반에 걸쳐 나타나는 위태로움은 대상이 처한 상황이지만 시인은 이 같은 증상들을 사물에 대리시킨다. '계단'으로 하여금 '공황장애'를 앓게 만들거나 '불안'으로 하여금 '손발을' '창밖으로' 던지게 한다. 주변을 건드리는 방식으로 대상을 정중앙으로 밀어 넣어 곤궁한 '그'의 생활이 더욱 도드라져 보이게 만든다. '거울'에 비친 것은 분명 '그'의 '뒷모습뿐'임에도 불구하고 마치 '그'의 얼굴과 대면하고 있는 것처럼 대상이 점점 선명해지는 것이다. 미래를 예견하는 방식 역시 다르지 않다. 창밖에 핀 벚꽃을 '그'의 미래 활동을 예견하는 '촉지도'로 읽는다. 손의 눈으로 방향을 잡아나간다. 이어서 그의 미래를 섣부르게 단정 짓지 말라는 듯 '아무도 모른다'라고 힘주어 말한다. 그러나 새롭게 올 세상은 '낙서'에 불과하고 봄은 왔으나 문밖은 '일용직 잡부'를 원한다. '흰 달'이 '셔터'를 두드려 봤자 누군가에게는 지름길이 '그'에겐 여전히 터널인 것이다. '티눈이 자란다'라는 시 제목이 그런 '그'의 모습을 적나라하게 느끼도록 만든다.

옆집 배관으로 내려가는 물소리, 고양이 울음소리
혐오와 매혹 사이에서 구구단 같은
소음이 벽 너머 창을 넘는다.
내가 누구인지 잊기 좋을 시간

（중략）

밤의 밀착과 테두리를 벗어나지 못하는
누구에겐 코르셋의 시간

달의 난간에서 죽어라 사는 연습을 하는
누구에겐 잽을 날리는 시간

밤의 뒤통수에 싱싱한 별자리가 찍힐 즈음
조증의 시간은 가고 울증의 순간이 오겠지

이른 시간이라면 그대는 발효가 잘된 반죽의 기술일 것이고
늦은 시간이라면 하루가 끝나지 않은 채 내일이 온 것일 테고

응급차 소리가 커튼을 찢고 들어온다.

（중략）

베란다서 자란 단풍 한 잎이
응급차의 뒤꽁무니를 밟는다.

「새벽 세 시」 부분


「티눈이 자란다」가 눈앞의 대상을 향한 손의 눈 맞춤이었다면 위 시는 불통을 상정한 보이지 않는 대상에게로의 말 걸기이다. 시는 아파트 같은 공동 주거 형태가 야기하는 '소음'에 주목한다. 공동 주택형태의 거주가 많은 현대 사회에서 '층간 소음'은 좀처럼 해결되지 않는 골칫거

리 중 하나이다. 최근에는 갈등의 강도가 주의나 민원 정도로 그치는 것이 아니라 상해나 살인 등의 범죄로 이어지고 있어 개선이 시급한 사회 문제로 인식되고 있다. 그러나 시에서 소음은 갈등의 요인이 아니라 상념의 동력으로 작용한다. 화자는 벽 너머에서 들리는 소음으로 인해 소음을 일으키는 대상과 공모자라도 된 듯 그(누군가)의 시간을 자신의 시간 속으로 편입시킨다. 화자에게 '새벽 세 시'는 '내가 누구인지 잊기 좋은 시간'이다. 그러나 누군가에게는 '밤의 밀착과 테두리를 벗어나지 못하는' '코르셋의 시간'이자 '죽어라 사는 연습을 하는' 시간이다. 이때 누군가 깨어 있는 '새벽 세 시'라는 시간은 두 가지 의미를 지니는데, 하루를 새롭게 시작하는 '이른 시간'이면서 아직 하루를 마감하지 못한 '늦은 시간'이다. 같은 시간이지만 다른 결을 가진 탓에 화자는 자기 속에서 자기를 없앨 수 있게 되고, 그 자리에 '발효가 잘된 반죽의 기술'을 가진 '그대'이거나 '하루를 끝'내지 못한 채 '내일'을 맞이한 그대이거나 '응급차'에 실려 가는 누군가를 불러들일 수 있게 된다. 이유는 각자 다르지만 '새벽 세 시'에 소음을 유발한다는 공통점으로 인해 화자는 오롯이 타자들의 시간을 경험하게 된다.

시에 표현되는 불안정성은 타자뿐만 아니라 주체까지 포괄한다.

행복이 모자라 불행이 된 건가요
불운이 불행을 불러오다 무감각해져
행복이라 착각한 건지
동사무소 민원을 넣어 볼까요
울기 좋은 장소를 만들어 달라고
창구 여직원은 접수해 줄까요

어깨에 걸쳐진 계단들을 무릎 위에 내려놓고
아래부터 밟아 올라갈 수 있는지
다시, 번호표를 뽑아
바다 한복판에 전입신고를 할 수 있는지
거기서는 무단횡단해도 벌금은 없겠죠.
지금, 지금 하며 자꾸 솟아나는 지금
오늘이 계속 오늘로 정체되진 않을까요
지킬 것도 없는 막판이지만
뒤집기는 가능하겠죠.

「악몽·1」 부분

밤에서 새벽으로 가는 골목
매서운 겨울바람, 목 늘어진 사내의
후들거리는 다리

(중략)

모든 걸음들을 먹어 치우는
비좁은 골목
바람을 만드는 그곳에

손이 없어! 내 손이
주정하는 겨울나무

(중략)

복통이 찾아오지 않는

조금만 더 참지 않아도 되는
어둠의 정강이를 기어이 사산할 거야


아파요 계속 아파지고 싶어요.
당신의 닳아빠진
타이머
폭탄의 내부

「악몽·2」 부분


　「악몽·1」과 「악몽·2」는 시집 2부에 나란히 묶여 있다. 이 같은 배치는 시인의 의도인지 모르겠으나 마치 연속된 악몽 속에 놓인 듯한 효과를 준다. '악몽'이라는 제목으로 묶은 옴니버스 영화를 보는 것처럼 불안에 불안이 가중된다.

　먼저 「악몽·1」의 불안을 살펴보자. 악몽을 겪고 있는 화자는 「티눈이 자란다」의 '그'를 보는 듯하다. 연속된 '불행'에 '무감각해져/행복이라 착각'할 지경으로 자신을 불운하다고 여긴다. '탄식 소리'로 방을 채우고 '울기 좋은 장소'를 물색한다. '어깨에' '계단들'을 걸쳤다는 걸 보면 걸음을 옮길 수 없을 지경으로 몸이 무거운 것으로 여겨진다. 또한 '바다 한복판'으로 '전입신고'를 하고 싶어 한다는 점에서 생을 스스로 마무리하려는 속내가 읽힌다. 화자가 처한 현실은 '지금'이라는 시간이 무한 반복되는 상황이고 이로 인해 '오늘이 계속 오늘로 정체'될지도 모른다는 우려를 내보인다. 이처럼 「악몽·1」의 행간을 살피면 무슨 이유인지 드러나지는 않지만 심각한 PTSD를 앓고 있는 것으로 보이는 한 존재와 만날 수 있다. 그러니까 화자는 '지금'이라는 시간조차 견디기 버거워서 '탄식'과 '울음'을 끊어내지 못하고 악몽을 겪고 있는 것이다. 그런데 비극적인 행간의 정조와 달리 '요'나 '죠'를 사용하는 「악몽·1」의 서술방식은 경쾌함을 유발한다. 연속되는 불행을 '동사무소'에 '민원'을 '넣'는 것으로 해결해보겠다는 계획 역시 어설픈 코미디 같아 피식 웃게 만든다. 이 같은 힘 빼기 구술법은 제목으로 인한 선입견을 와해시킨다. 작정하고 화자의 감정에 이입하려던 마음을 차단하고 리듬을 살린다. 가볍게 반복적으로 리듬을 타게 만든다. 양아정의 방식은 독자를 한눈팔게 만드는 에두르기로, 반복을 반복하는 동안 준비된 포즈는 사라지고 어느결에 경쾌함 뒤에 가려져 있던 행간의 비애와 만날 수 있게 되는 것이다.

　화자의 감정에 몰입한 「악몽·1」과 다르게 「악몽·2」는 장소에 천착한다. 좁고 어두운 골목에 '목 늘어진' 사내가 다리를 후들거리고 있다. 그곳에는 사내를 부축해줄 손이 없다. 다만 '손이 없'다 '주정하는 겨울나무'와 '매서운 겨울바람'만이 있다. 다만 '복통이 찾아오'고 복통이든 다른 그 무엇이든지 간에 '조금만 더 참'아야 하는 곳이다. 결과적으로 생을 장담할 게 아무것도 없기에 골목의 시간은 '당신의 닳아빠진/타이머/폭탄의 내부'이며, 곧 폭발하고 말 죽음 직전의 위태로움만이 감지된다. 어쩌면 사내는 영원히 골목을 빠져나갈 수 없을지도 모른다. 문제는 술 취한 사내의 위기가 오롯이 사내의 시간으로만 묶이지 않는다는 데 있다. 화자가 헤매고 있는 곳 또한 '모든 걸음들을 먹어 치우는/비좁은 골목'이다. 어둠이 어둠을 낳고('어둠의 정강이를 기어이 사산할 거야') 복통이 끊이지 않는('아파요 계속 아파지고 싶어요.') 골목이다. 이처럼 시에서 그려지는 골목은 악몽을 이미지화한 것으로, 화자는 악몽 속에서 끊임없이 어두워지고 아파하면서 타이머가 장착된 폭탄처럼, '목 늘어진 사내'처럼 죽음 쪽으로 내달리는 중인 것이다.

양아정 시에서 불안은 시를 구성하는 뼈대라고 할 수 있다. 눈치 챘는지 모르겠지만 시가 포착하고 있는 타자들은 대체로 평안하지 않은 모습을 하고 있다. '벚꽃'이 피었지만 '겨울' 속에 있거나(「티눈이 자란다」) 새벽까지 일을 끝내지 못했거나 새벽부터 반죽을 만지기 시작하거나(「새벽 세 시」), '센텀시티의 밤을 강 반대편에서 바라'보며 '강의 난간에서 목을 길게 늘여놓고/합류하고 싶'다고 '고백'한다(「살갗 아래 저울이 산다」). 그리고 '그녀의 다섯 손가락이 자꾸 무언가를 붙잡고 있어서' '잠들지 못'하는 그녀가 있다(「허구」). 이처럼 양아정 시인이 시집 곳곳에 불안을 산란한 이유를 '시인의 말'에서 들을 수 있다. '하이힐을 신고 시를 쓸 것이다/내 굽 속에 자라나는 문장들/내 하중을 견딜 수 있는 높이로/세상으로 또각또각 걸어갈 것이다'. 시인의 2021년 여름 독백은 시의 태생이 불안이라는 걸 알려준다. 『하이힐을 믿는 순간』에 실린 59편의 시들은 '하이힐'이라는 위태로운 자궁에서 탄생하였기에 평안하거나 안전하거나 완전할 수 없는 것이다. 그러나 시인에게 불안은 은폐시키거나 고쳐야 할 병증이 아니라 무조건적 반응이다.

하이힐을 믿는 순간
뒤꿈치에 자라나는 맨홀
어쩌면 굽의 잠꼬대에서 비롯되는 아침

(중략)

땅속에서 올라오는 새싹 굽
바람이 건드리면

씨방 속에서 법칙이 스르륵 열리고
이파리의 리듬이 생기고

(중략)

사라지지 않는다면 필 이유도 없다.


오늘이 돌아오듯,
굽 속으로 들어가 뜨거워지는 시간


벽돌 틈새
두툼한 시간들
사라지기 위해


그래서 아름답다 말할 수 있다.

「미끼」 부분


시에서는 뜻밖의 사건이 발견으로 이어진다. 맨홀 틈에 하이힐 굽이 끼는 사고로 인해 화자는 '땅속에서 올라오는 새싹 굽'과 마주하게 되고 '이파리의 리듬이 생기고' 소멸하는 '새싹 굽'의 가능성을 가늠해보는 시간을 가지게 된다. 이때 사태로서의 '뜻밖'은 예상치 못하기에 날 것 그대로이며 무조건적이기에 포즈를 뭉개는 반응이라 할 수 있다. 주체의 자세를 흐트러뜨리기 좋은 기회라고 할까. 앞서 시인의 말에서 양아정은 '하이힐을 신고 시를 쓸 것'이라고 했다. 하이힐의 불안을 감수하였기에 '새싹 굽'을 발견하는 뜻밖의 선물을 받을 수 있게 됐다.

인간은 불완전하고 유한한 존재이다. 유한의 끝을 예측할 수 없으며 그 누구로부터도 완전성을 보장받을 수 없기에 늘 불안감 속에 산다. 그러므로 누구나 삶을 유지하는 동안은 싫든 좋든 불안과 동거할 수밖에 없다. 동거인의 면모 역시 예측할 수 없으며 때론 악몽으로 때론 울음으로 때론 시답잖은 이야기로 변신에 변신을 거듭한다. 시인은 이 같은 변화무상을 즐긴다. 때론 유쾌한 말법으로 때론 에두르는 방식으로 함께 변신한다. 그것이 불안을 붙안는 시의 전략이다. 『하이힐을 믿는 순간』까지 잘 버텨준 양아정 시인의 '하이힐'에게 노고를 치하한다.

# 누가 초인종을 누른다

박서영, 『착한 사람이 된다는 건 무섭다』 걷는 사람, 2019.

필자의 지인 중에 카페를 집필실처럼 활용하는 사람이 있다. 매일 출근 도장을 찍다시피 시간을 정해 단골 카페를 찾는데 백색 소음이 글을 쓰게 만든다고 했다. 그러고 보니 '소리'는 수혈과정이라는 생각,

열대야를 고장 난 선풍기 한 대로 보냈다
빗나간 목을 두꺼운 스카치테이프로 동여맨

밤새 선풍기 돌아가는 소리에 정이 들었나
선풍기를 끄면 잠이 오지 않는다

밤새 텔레비전을 켜놓고 자는 사람을
이해할 수 있을 것 같았다
셋이서 한꺼번에 한 사람을 지목한 적이 있다는 것을
알고 있는 달은 병을 앓다가 그들을 놓아주었다

나는 달의 뼈 하나를 집어 뭔가 쓰고
쓰다가 지우고, 지우고 다시 쓰면서

괜스레 선풍기의 미풍 약풍 강풍 버튼을 번갈아 눌러보았다
죽기 전에 저 고장 난 선풍기를 가장 먼저 버려야겠다고

심장에 몇 마디 꾹꾹 매장해 보는 가을 밤
선풍기는 어떤 무늬를 가진 새처럼 울기 시작했다


고장 난 선풍기 속에 부엉이가 사나
밤의 외로움은 날개를 접고 부엉부엉 울다가
슬픔을 탈탈탈탈 털어내기를 반복한다
그때마다 선풍기에서 깃털 같은 바람이 쏟아지곤 했다

「밤의 외로움」 전문


　여기, 수혈하지 않으면 밤을 넘길 수 없는 사람이 있다. '미풍 약풍 강풍 버튼을 번갈아 눌러' 최대치로 키운 소리의 피로 밤새 수혈을 받는 사람은 멈춤을 눈앞에 둔 사람이다. 그러므로 목이 빗나간 선풍기를 테이프로 동여매 수명을 연장시키는 행위는 그 자신을 위한 일이기도 하다. 선풍기가 먼저 멈출지 자신이 먼저 멈출지 알 수 없는 밤이고 보면, 그 어둠을 무사히 넘길 방법은 끊임없이 소리를 울게 만드는 일뿐이다. 소리는 움직인다는 점에서 산 자와 어울린다. 희미한 기척만으로도 빈 곳을 꽉 채울 수 있다. 팔베개가 감질나면 온몸으로 껴안기도 하는 합방의 충만함을 누릴 수 있다. 이는 외로움을 견뎌내기 위한 무장(武裝)이다. 「밤의 외로움」에서 화자가 '밤새 선풍기 돌아가는 소리에 정'이 드는 것은 그러한 연유일 것이다. 여기서 '선풍기 소리'는 선풍기가 놓여진 공간을 채우는 것에 그치는 것이 아니라 화자의 몸 안팎을 죄다 채운다. 화자는 '정이 들었나'라는 의문으로 자신의 상태를 '선풍기 소리' 말고는 아무것도 채울 것이 남아 있지 않은 텅 비어버린 몸이라는 것을 역설적으로 표현하고 있다. 외로움에 무참해져 있는 것이다. 그로서 '밤새 텔레비전을 켜놓고 자는 사람'의 행위 역시 허허로운 빈속을 채우는 일이라는 것을 뒤늦게 깨닫게 된다. 짐작하건대 그의 아버지나 어머니가 그러했으리라.

문제는 소리가 몸을 살릴수록 소리를 채울 빈 곳이 기하급수적으로 증식한다는 점이다. 선풍기의 강도를 높일수록, 소리가 드세질수록 외로움의 강도도 드세진다. 자식을 낳고서야 엄마의 심정을 헤아리게 되는 딸처럼 '밤새 텔레비전을 켜놓'을 수밖에 없는 병을 앓는 사람의 외로움을 선풍기를 통해 몸소 체험하게 된다. 앞서 언급했듯이 화자는 이미 멈춤을 상정하고 있는 상태로 그렇기에 '죽기 전에 저 고장 난 선풍기를 가장 먼저 버려야겠다고' 다짐한다. 그러나 섣부르게 입 밖으로 발설하지 않는다. 다만 '심장에 몇 마디 꾹꾹 매장해'둔다. 곧 멈추고 말겠지만, 그래서 버려질 수밖에 없겠지만 선풍기가 돌고 있기 때문이다. 이는 자신에게 거는 금줄이기도 하다.

「밤의 외로움」이 실린 『착한 사람이 된다는 건 무섭다』는 박서영 시인의 세 번째 시집이자 유고시집이다. 시인은 한참 왕성하게 활동할 50세에 작고하였다. 시집은 그가 떠나고 정확히 1년 뒤에 출간되었는데 필자는 사실 이 유고시집을 통해 박서영 시인을 처음 알게 되었다. '유고(遺稿)'라는 타이틀 때문인지 시를 읽을수록 시인에게 관심이 더해졌다. 시인은 시로써 자신의 세계를 보여주는 사람이므로 시 속에서 그를 찾아야 했으나 왜 그렇게 일찍 떠나버렸는지 궁금해졌다. 인터넷을 뒤졌지만 기본 프로필 밖에 나와 있지 않아 시로써 악수를 나누는 방법이 최선이었다.

유고시집이라면 대표적으로 기형도의 『입속의 검은 잎』(1989, 문학과지성사)을 떠올리기 마련인데, 박서영의 시가 두려움을 상정하고 있다는 점에서 기형도의 시와 닮았다.

> 보리밭에 종달새가 살고, 종달새의 영혼은 나에게 날아왔다. 내가
> 갖고 놀다 깨뜨려버린 알에서는 노란 흐느낌이 흘러나왔다. 영혼은 그
> 흐느낌처럼 남아서 나를 둘러싼다. 점막의 세월 속에 바람이 분다. 가
> 끔은 내 장난감이 되어준 돌멩이와 달팽이와 지렁이들이 아직 꿈틀댄
> 다. 나는 변하지 않았나. 착한 벌레에서 착한 사람으로
>
> (중략)
>
> 나는 아직 변하지 않았나. 착한 사람이 된다는 건 무섭다. 힘없는
> 사람이 되는 건 더 두렵다. 어린 시절처럼 보리밭에 쭈그리고 앉아 생
> 각한다. 보리밭에서 쭈그리고 앉아 놀던 시절. 뜻밖에도 내 눈동자에
> 서 부화한 새가 날아가기도 한다. 아직 깨지지 않았나. 구름과 새, 아직
> 헤어지지 않았나.
>
> 「보리밭 놀이방」 부분

박서영의 시 「보리밭 놀이방」에는 '착한 사람'과 '힘없는 사람'이 동
일 선상에 놓여있다. 모두 가고 싶지 않은 도착지이다. 화자는 어린 시절
보리밭에서 '달팽이, 지렁이'를 손바닥 위에 올리거나, 종달새 알을 깨뜨
리며 놀았으나 수확이 끝난 밭에서 속이 빈 새알과 달팽이 집, 말라비틀
어진 지렁이 사체와 마주하면서 유년은 속죄를 숙제처럼 남겨둔 시절로
회상된다. 그러나 그 시절은 '아직 깨어지지 않았나' 물음을 던져보지만
바람과 다르게 새알은 이미 깨어졌고 지렁이는 죽었다. '착한 벌레'에서
'착한 사람'으로 '변하지 않았나' 자문한들 애초부터 '착한'은 '나'를 수

식하기엔 어울리지 않는 단어인 것이다. 더구나 '나는' 변했으니 이제는 '착한 사람'이 될 방도조차 없다. '착한 사람'이 되는 방법은 '내'가 깨어져야 가능하다. 이는 '힘없는 사람'이 되는 일이기도 하다. 그러나 '나'는 과거를 속죄할 기회를 회복하지 못했기에, 종달새 영혼의 울음을 듣는 '벌레'에 머물러 있다. 그 자신이 유년에 장난감으로 가지고 놀았던 그 벌레들과 다르지 않다. 그렇기에 '착한 사람'이 되는 것이나 '힘없는 사람'이 되는 일이 무섭고 두려울 수밖에 없다. 어쩌면 시인은 너무나 착해 빠진 탓에 유년의 죄의식을 중년이 되도록 털어내지 못하고 있는 것일지도.

『입속의 검은 잎』에 수록된 「오래된 書籍」에서도 두려움을 삶의 속성으로 정의한다.

> 두려움이 나의 속성이며
> 미래가 나의 과거이므로
> 나는 존재하는 것, 그러므로
> 용기란 얼마나 무책임한 것인가, 보라
>
> 나를
> 한번이라도 본 사람은 모두
> 나를 떠나갔다, 나의 영혼은
> 검은 페이지가 대부분이다
>
> 「오래된 書籍」 부분

화자가 처한 현실은 주변에 아무도 남아 있지 않은 상태이다. 이렇듯 현실이 참담한데 다가올 미래 역시 지나온 과거처럼 희망적이지 않다. 그러나 「오래된 書籍」에서의 두려움은 「보리밭 놀이방」처럼 자기 행위로부터 기인한 두려움이 아니다. '목련철이 오면 친구들은 감옥과 군대로 흩어졌고/시를 쓰던 후배는 자신이 기관원이라고 털어놓았다'(「대학 시절」)라거나, '아주 추운 밤이면 나는 이불 속에서 해바라기 씨앗처럼 동그랗게 잠을 잤다. 어머니 아주 큰 꽃을 보여드릴까요? 열매를 위해서 이파리 몇 개쯤은 스스로 부숴뜨리는 법을 배웠어요.'(「위험한 家系·1969」) 라고 토로하고 있듯이 한 존재의 두려움은 암울한 세계로부터 기인한 것이며 그 세계는 불확실성을 담보한다.

정리해보면 각각의 시집에서 보이는 '두려움'은 박서영 시의 경우 그 기원이 존재 내부로부터 기인한 감정이며 기형도 시의 경우 혼란기였던 80년대라는 외부의 영향으로 형성된 감정이라는 차이를 보인다. 같은 유고시집이지만 기형도 시인의 시집이 '뇌졸중'이라는 미처 준비하지 못한 죽음 이후 출간된 반면, 박서영 시인의 시는 투병 중에 쓴 것들이라 죽음을 예견하고 있었기 때문일 것이다.

그래서일까. 『착한 사람이 된다는 건 무섭다』의 첫 이미지는 '아프다'였다. 본인의 병에 대한 직접적 언급은 시집의 맨 마지막에 수록된 「우리의 천국」에서 '채송화를 들여다볼 때 아픈 폐 속의 구름들이 한꺼번에 피어나는 것 같다.'라고 서술하고 있을 뿐인데도 시 대다수에서 고통이 느껴진다.

> 길 위에서의 일이다
> 슬픔은 작고 예뻤고 회색 털을 갖고 있었다
> 한쪽 얼굴에 번지는 햇살 자국

피를 머금은 짐승을 어떻게 할까 궁리를 했다

겨울에서 봄으로 옮겨줘야 하나

이곳에서 저곳으로 옮겨줘야 하나

고민에 빠진 나를 해방시켜주는 듯

슬픔은 찬란한 제 가슴을 보여 주었다

형체를 알 수 없는 짐승에게 몰려온 나비 떼

흰 나비와 검은 나비들이 슬픔 중에서도

가장 빛나는 부분을 핥아먹기 시작했다, 혼이 혼에게

깃들어 뭔가를 초월해버리는 풍경들

「미안해요」 부분


지구라는 머나먼 별에서 헐레벌떡 뛰어 너에게 갔다

한쪽 발이 없는 비둘기, 한쪽 날개가 없는 나방, 한쪽 눈알이 없는 개, 꼬리가 반쯤 잘린 고양이, 견우와 직녀, 당신과 내가 주인공인 이야기책을 쓰기 위하여

「밤의 그림책」 부분


위 두 시의 시적 대상은 죄다 결여가 있다. '피를 머금'었거나 '한쪽 발', '한쪽 날개', '한쪽 눈알'이 없거나, '꼬리가 반쯤 잘'렸거나, 서로 만나지 못하는 존재들이다. 그 속에 화자도 포함된다. 그러니까 '회색 털을'을 가진 짐승과 비둘기, 나방, 개, 고양이는 화자의 또 다른 모습이며 견우와 직녀 이야기 또한 화자의 이야기이다. 아픔이 이렇게나 많아서 밤하늘에 떠 있는 별들을 셀 수 없는 걸까. 시인이 결여된 존재들을 시적 대상으로 불러온 까닭은 그들을 결여에서 구해줄 수 없기 때문일 것

이다. 화자에게는 '겨울에서 봄으로' '이곳에서 저곳으로' 옮겨줄 시간적 여유가 남아있지 않으므로 모두의 이야기책을 쓰는 것으로 그들에 대한 미안함을 대신한다. 그리고 그 자신도 하나의 별이 되는, 밤하늘의 주인공이 되는 이야기를 위하여 밤하늘을 그린다. 이처럼 화자의 이야기를 모두의 이야기로 전환하는 객관화는 끊임없이 차오르는 슬픔을 말리는 하나의 방법이다. 시인은 「미안해요」에서 우연히 마주한 '피를 머금은 짐승'을 '슬픔'으로 지칭하는데, 아이러니하게도 '슬픔'의 상처 난 가슴을 '가장 찬란한 부분'으로 표현한다. '슬픔이란 최선을 다해 증발하고/최선을 다해 사라지려고 노력하는 것일 뿐'(「달고기와 눈치」)이라고 한 시인의 슬픔에 대한 인식이 잘 드러나는 지점이다. 그렇기에 병든 모습을 숨길 이유가 없다.

> 떠나려면 한쪽 부위 정도는 썩는 모습을 보여줘야 해
> 그래야 시큼한 냄새 따위가 남는 거야
> 그것이 눈알이든 입술이든 심장이든 상관없이
> 아삭아삭 베어 먹고 달아나야 하니까
>
> 「사과를 파는 국도」 부분

　　위의 시에서 말하는 '썩은' 부위는 '사과에 꿀이 박혔네' 라고 할 때 그 꿀 박힌 부위를 지칭한다. 이는 국도에서 사과를 파는 상인의 말이라 입증되지는 않지만 전문을 살펴보면 사과의 썩은 부위를 전면에 내세워 떠나가는 사랑을 이야기한다. 그러니까 도망갈 때 가더라도 '한쪽 부위 정도는 썩은 모습을 보여줘야' '시큼한 냄새' 같은 추억이라도 남는다는 뜻이다. 그러나 앞서 상처 난 가슴을 '가장 찬란한 부위'로 보는 시인

의 말법을 따르자면 여기서 달아나는 존재는 사랑이 아니라 생을 다한 사람으로 읽어야 한다. 삶의 마지막 '한쪽 부위 정도는 썩은 모습을 보여'주는 것은 치부를 보이는 것이 아니라 가장 인간적인 면모를 드러내는 행위가 된다. '시큼한 냄새로' 남아 유쾌함을 주지 못할지라도 그 모든 것을 각오한 실재적인 모습이다. 그렇기에 '나는 사랑했고 기꺼이 죽음으로 밤물결들이 써내려갈 이야기를 남겼다'(「달고기와 눈치」)고 고백하게 되고 자신의 죽음을 일상으로 불러낼 수 있다.

내 집 초인종을 누른 이가 죽음이라면 어떤 기분일까. 집 앞 은행나무의 노란빛을 더 이상 눈에 담을 수 없다면, 내 아이의 생일이 사정거리 밖이라면, 전용 커피잔이 책상 위에서 사라진다면, 아껴둔 봄 원피스를 입지 못하게 된다면, 완결시키지 못한 시가 폴더에 쌓였다면, 내 이름으로 된 우편물이 뒤늦게 도착한다면, 핏줄들로부터 나를 떼어내어야 한다면, 내 몸에서 울음이 사라진다면, 내 몸에서 몸이 나간다면 문을 열기 전에 무얼 할 수 있을까. 박서영 시인은 세상을 사랑한다고 말한다.

> 나뭇가지를 부러뜨리며 시간의 화살들이 날아왔다 내가 피한 것은 무엇이었나? 몸속의 구멍에서 새까맣게 돋아나던 씨앗들, 파헤쳐보면 아무것도 아닌 주검들이 두 눈 뜨고 나를 노려본다 타오르는 불꽃도 외마디 찬사도 필요 없는 아침 몸에 박힌 화살들을 뽑아낸다 즐거운 학대 속에서 꽃의 가랑이가 찢어진다 떠나야 할 사람이 당연히 떠난 것처럼 몸속이 조용하다 간혹 꽃이 피는 저녁 시간이 마비된 채 하얗게 몸을 뒤덮는 저녁 살아 있음이 고맙고 눈물겹다 막막해서 행복하다 구부러져 앞이 보이지 않는 길에 누워 나는 세상을 사랑한다
>
> 「돌꽃2」 전문

'몸속의 구멍에서' '아무것도 아닌 주검들이 두 눈 뜨고 나를 노려본다'거나, '몸에 박힌' 시간의 '화살들을 뽑아낸다', '몸속이 조용하다' 등으로 짐작컨대 「돌꽃2」을 쓸 무렵 시인은 이미 떠날 준비를 마친 듯 보인다. 이제 열정도 어떤 제스처도 필요 없게 된 아침과 저녁이고 보면 그의 시간은 이미 굳어져 가고 있다고 여겨진다. 그런 상황에서 화자는 아침에서 저녁이 올 때까지 시간 변화를 느끼는 것만으로도 '고맙고 눈물겹다'고 고백한다. '구부러져 앞이 보이지 않는 길에 누워' 만끽하는 막막함을 '행복'과 등치시킨다. 몸이 마비되어가는 시간을 꽃이 핀다고 말하는 사람이다. 우리는 '세상을 사랑한다'는 시인의 마지막 러브레터를 너무 늦게 발견한 건 아닐까.

　이제라도 그의 러브레터에 답신을 해야겠다 싶어 이 글을 쓰게 되었다. 박서영 시인은 비를 좋아하는 사람이다. '손을 뻗어 붙잡고 싶은'(「세월 너머 멀리멀리」) 것 또한 '빗줄기'였다. 그는 대놓고 '내가 비를 좋아한다는 걸 당신이 잊지 않기를'(「능소화」) 당부한다. 앞으로 비가 오는 날이면, '떠나는 사람의 긴 발처럼 밤비 내리'는 밤이면 누군가 '성큼성큼 떠나버렸는데도 여전히 떠나는 소리가', '돌아오는 소리가' 들리겠다. 시인은 떠나기 전 자신이 머물 곳을 우리에게 미리 알려주고 갔다. 그곳에서 그가 사랑하는 '염소', '새', '채송화', '우엉', '나비'(「우리의 천국」)와 함께 자유롭게 날아다닐 것을 믿으며 시인에게 보낼 답신을 끝맺는다.

2부

/

# 상상 밖의 상상

# 아름답기도 얼음답기도

송진, 『방금 육체를 마친 얼굴처럼』, 걷는사람, 2022.

읽으면 귀가 먼저 열리는 시가 있다. 권혁웅의 『마징가 계보학』
(창비, 2005)이, 이정록의 『정말』(창비, 2010)이, 육근상의 『우술 필담』(솔,
2018)이 그렇다. 전기수의 이야기에 빠져들 듯이 귀를 기울이게 된다. '전
기수'는 조선 후기 전문 강독사로 주로 문맹의 대중에게 소설을 읽어주
었다. 단순히 책을 읽기만 하는 것이 아니라 무성영화 시대 변사처럼 목
소리, 표정, 몸짓을 더해 청중들을 몰입시켰다. 위의 세 시집은 모두 서
사를 바탕으로 하고 있는 데다가 애니메이션이나 사투리를 차용하여 읽
는 맛을 더한다. 『마징가 계보학』은 달동네의 팍팍한 삶을 애니메이션
캐릭터로 승화시키고 있으며, 『정말』과 『구술 필담』은 마을공동체에서
일어날 수 있는 다양한 삶의 모습을 충청도 사투리로 구현해낸다. 대체
로 삶에 대한 생 체험을 화자를 통해 이야기 형식으로 구술하고 있기에
잘 읽히기도 하지만 독자로부터 공감을 얻기도 쉽다. 『방금 육체를 마친
얼굴처럼』 역시 귀를 열게 만든다. 다만 귀를 열게 만드는 것이 서사가
아니라 리듬이라는 점에서 세 시집과는 차이를 보인다.

어제 농협은 문을 닫았고 신협은 문을 열었다 내일 태권도장은 문
을 열었고 합기도는 문을 닫았다 스물 스물 지네가 기어 나오고 스물
스물 창자가 기어 나오고 기어코 우물 뚜껑이 열렸다 닫혔다 축산업이
번식하고 식목업이 줄어들었다 성묘가 번성하고 추가가 추가되었다
낫과 구충제가 말을 번식력 있게 알아들었다 돌담 사이에 몸을 둥글

게 만 휴지들이 길을 찾아 들어가고 빈 깡통들이 식사 전의 아이들처럼 요란하지 않았다 짜장면이 나왔고 짬뽕 국물이 줄어들었다 비가 내렸지만 비가 오지 않았다 광주리에 높이 선 무화과들이 하나둘 강변으로 내려갔다 누가 팔아도 겁나게 외로운 가격이었다 누가 찔러도 겁나게 아픈 생살이었다 버스를 타면 시원하고 버스를 내리면 덥다 지하철을 타면 시원하고 지하철을 내리면 덥다 편의점에 들어가면 시원하고 편의점을 나오면 덥다 발바닥은 땅바닥에 밀리지 않고 땅바닥은 발바닥에 밀리지 않는다 자전거는 도로를 달리고 인간은 하늘을 달린다 김선희한의원은 동래시장 앞에 있고 동래시장은 피부병 앓는 개 한 마리 앞에 서 있다

「벼 속에 벼가 없고 개구리 속에 개구리가 없다」 전문

위 시는 분명 길이 있을 것 같은데 아무리 찾아봐도 길이 보이지 않는다. 시 도입부에 문을 여닫는 '농협'과 '신협' 그리고 '태권도장'과 '합기도'의 연관성을 따져보면 읍이나 동 정도의 구역에 나란히 있을 법한 것들로 생활과 밀접한 장소이다. 그런데 뜬금없이 '지네'나 '창자'가 '기어나오'는 현상과 연결된다. 또한 요즘은 거의 보기 어려운 '우물'이 연이어 등장한다. 도통 납득되지 않는 연결이다. 그러한 상황에서 '축산업', '식목업'이라는 새로운 분야로의 방향전환은 혼란을 가중시킨다. 뒤를 잇는 문장 역시 문맥의 연결점이 없다. 또한 장소적 배경도 불분명하고 시점 역시 가늠되지 않는다. 의미를 헤아릴라치면 몇 번을 읽어도 제자리걸음이다. 그런 와중에 '버스를 타면 시원하고 버스를 내리면 덥다'로 시작되는 후반부에서는 다시 일상으로 돌아온다. 시는 이질적인 이미지들을 불쑥불쑥 일상 속에 출현시킴으로써 일상의 단조로움을 파괴하

는 방식으로 짜여진다. 결과적으로 서사로 읽으면 그 무엇도 잡을 수 없는, 제목 그대로 '개구리'인 줄 알고 잡았으나 '개구리'가 아니거나 없는 시인 것이다. 그럼에도 불구하고 잘 읽힌다. '어제 농협은 문을 닫았고'부터 '동래시장은 피부병 앓는 개 한 마리 앞에 서 있다'까지 술술 읽힌다. 눈으로만 읽히는 것이 아니라 잔상을 남긴다. 이는 시의 리듬이 살아있기 때문일 것이다.

시는 열고, 닫고 던지고 받는 형식으로 리듬을 만든다. 문장과 문장 간의 거리감 역시 이 주고받는 형식으로 간극을 좁힌다. 이로써 '성묘', '구충제', '빈 깡통들', '무화과' 같은 이질적인 것들의 배열은 유명 관광지에서 파는 이미지가 장착된 장난감 카메라처럼 한 컷 한 컷 사진 이미지로 넘어가고, 반복을 지속하는 동안 연결로서의 기대보다는 새로운 이미지를 기대하게 만든다. 이렇듯 새로움에 새로움을 더하다 보면 관광지 곳곳을 카메라 속 이미지로 두루 살피듯이 시 전체 풍경을 이미지로 그려볼 수 있게 한다. 그런데 장난감 카메라 속에 장착된 여러 이미지 중에서도 쉽게 넘기지 못하고 오래 붙잡고 싶은 컷이 있듯이, 이 시에서도 잔영이 깊게 남는 곳이 있다.

그 첫 번째는 '비가 내렸지만 비가 오지 않았다'이다. 이 문장에서 '비가 내'린 것이 사실이라면 '비가 오지 않았다'는 말은 거짓이 된다. 반대로 '비가 오지 않았'는데 '비가 내'린 것으로 인식한다면 오인이다. 이는 '비가 내'린 분명한 사실조차 '비가 오지 않'은 것으로 착각하게 만드는 그 무언가가 있거나 '비가 오지 않았'는데 비가 온 것으로 체감하는 상황일 수 있다. 어느 쪽이 되었든 화자가 몸담은 현실이 눈에 보이는 것만으로 판단할 수 없음을 증명하는 문장이라고 할 수 있다.

두 번째는 '누가 팔아도 겁나게 외로운 가격이었다'이다. '무화과'를 팔아 생계를 이어야 하는 누군가가 있다고 할 때, 그의 생활은 무화과가 '높이' 담긴 '광주리' 무게만큼 무거운 듯 보인다. 그런데 왜 하필 '무화과'일까. 무화과는 추석 무렵 먹을 수 있는 뽕나무과에 속하는 열매로 겉과 속이 부드러워 먹기에는 편하지만 과육이 무른 탓에 쉽게 상처가 나거나 장기 저장이 불가능하여 제철에만 먹을 수 있다. 파는 입장에서는 이윤을 남기기 어려운 까다로운 과일이다. 그러니 '겁나게 외로운 가격'일 수밖에 없다. 생활 앞에서는 '누가 찔러도 겁나게 아픈 생살'일 수밖에 없는 것이다. 여기서 '누가 팔아도'라고 하여 그 대상을 한정하지 않음으로써 비일상의 침입으로 일상이 붕괴하듯이 누구든 무화과가 될 수 있다는 걸 상정한다. 이는 잔영이 오래 남는 세 번째 문장인 '동래시장은 피부병 앓는 개 한 마리 앞에 서 있다'와 연결된다.

　　'피부병 앓는 개'는 '동래시장' 뒤에 있고 '동래시장'은 '김선희한의원' 뒤에 있다. 위치상 한의원이 시장을 가린 형국이며, 시장이 개를 막고 있는 상황이다. 한의원으로 인해 시장도 개도 볼 수 없다. 바라보는 입장에서는 한의원만 보게 되니 한의원이 '피부병 앓는 개'를 은폐한 꼴이다. 여기서 한의원은 병을 치료할 수 있는 곳이지만 경제적인 측면에서 제한적이다. '피부병을 앓는 개'를 들이지 않는 곳이니 말이다. 그러므로 '비가 내렸지만 비가 오지 않았'듯이 병을 앓고 있는 존재는 분명 존재함에도 불구하고 여기에 없다. 이는 '모두 병들었는데 아무도 아프지 않았'(「그날」, 1980)는 이성복의 시구절을 떠올리게 한다. 사십 년이 지났음에도 변한 게 없는 사회상이 아이러니하다. 이 문장은 제목과도 연결되는데, '벼 속에 벼가 없'는 것과 '개구리 속에 개구리가 없'는 상황과 같다. 이로써 시가 이미지를 앞세워 내달렸던 이유가 숨은 이웃일지도 모르는 '피부병 앓는 개 한 마리'와 마주하기 위함이었다는 걸 우리는 뒤늦게 알게 된다.

외면받는 존재나 사회적 문제를 이미지로 밀어붙이는 방식은 송진 시인의 전매특허라고 해야 할 것이다.

소룡아, 뭐해 굴삭기가 다가오는데 검은 튤립은 이미 시들었어 노란 껌은 팔리지 않아 지그재그 갈라지지 파란 껌은 이미 보이지 않아 높이 높이 날아갔지 목발을 짚고 소룡아, 뭐 해 목발을 짚고 진아 뭐해 가끔씩 내가 나를 불러 봐 지하의 시계방은 시간이 많아 억울하게 죽은 누이동생도 다시 불러올 수 있을까 억울하게 죽은 엄마도 다시 불러올 수 있을까 억울하게 죽은 오빠도 다시 불러올 수 있을까 이 죽음의 시점들 형제복지원 속에 복지가 있었다면 얼마나 좋았을까 (중략) 바가지 씌운 웃음들과 찢어진 옷가지 난무한 장미꽃로터리에 투명 삼각형 곡예 서커스 행진곡들이 깃발처럼 울려 퍼진다 추석인가 그렇다 팔월한가위인가 그렇다 송편인가 그렇다 죽음인가 그렇다 삶인가 그렇다 죽음도 아니고 삶도 아닌가 그렇다 음악인가 그렇다 꽃인가 그렇다 영화인가 그렇다 뭐든지 그렇다이군 (중략) 그렇다 그렇다 그렇다 그렇다 지겹지도 않나 그렇다 그렇군… 그렇다 그래…

「서면로터리 꽃밭에서」 부분

공동묘지에서 노래가 흘러나올 때 랑랑 새들이 서로의 뼈를 뜯어 먹을 때 랑랑 슬쩍 한 팔 끼워 넣으며 내 편 하자고 할 때 랑랑 나도 할까 생각했어 랑랑 살짝 편안해지고 싶었거든 랑랑 저녁마다 유서를 적

어 랑랑 내일 눈뜨지 말자고 랑랑 몸은 젖은 소금가마니 랑랑 쉴 새 없
이 놈들이 덮쳐 랑랑 그놈들을 누가 키웠다면 랑랑 이 땅의 풀들이 키
웠지 랑랑 말해서 뭘 해 랑랑 말해서 뭘 해 랑랑 말은 말을 말아먹어
랑랑 찢어진 허벅지 한쪽이 둑에 떨어져 랑랑 이리저리 발길에 채이다
랑랑 데굴데굴 구르다 랑랑 풍덩 물을 머금고 사라져 랑랑 그 물은 이
지상의 마지막 물…랑…랑 지상의 마지막…물…랑…랑… 자상한…지
상의…마지…막… 물…랑…랑…오! 랑…랑 교회 첨탑이 떨어져…자상
한… 더없이 자상한…지상의…랑랑…

「랑랑」 전문

　「서면로터리 꽃밭에서」는 시에서 직접 언급하고 있듯이 인권 유린
이 자행되었던 형제복지원 사건을 모티프로 하고 있으며, 「랑랑」은 성
폭력을 고발하고 있다. 이 시들 역시 앞서 살폈던 「벼 속에 벼가 없고 개
구리 속에 개구리가 없다」처럼 서사 중심이 아니라 파편적 이미지만으
로 시를 구성해나간다. 「서면로터리 꽃밭에서」는 '굴삭기', '검은 튤립',
'노란 껌', '목발', '지하 시계방'이 '소룡'과 '진'이라는 이름과 함께 연결
점 없이 나열된다. 「랑랑」에서는 '공동묘지', '노래', '새들', '뼈', '유서',
'둑', '물'이 「서면로터리 꽃밭에서」와 같은 방식으로 이어진다. 시들은
특별한 목적(일테면 주제성)을 향한 집요함을 보이지 않는다. 「랑랑」은 화
자의 심경을 '랑랑'이라는 후렴구 같은 단어로 반복하고 있으며, 「서면
로터리 꽃밭에서」는 중간에 '형제복지원'을 언급만 할 뿐, 삶의 다양한
양태를 '서면로터리 꽃밭' 이미지로 버무리고 있다. 이렇듯 송진의 시 쓰
기는 시에 특별한 의미부여도 역사의 무게를 감내하겠다는 다짐도 하고
있지 않다. 다만 쏟아낸다. 「랑랑」은 한풀이 가락으로, 「서면로터리 꽃밭

에서」는 대화체로 술술 풀어낸다. 이때 반복되는 표현들(「랑랑」의 '랑랑'과 「서면로터리 꽃밭에서」의 '그렇다')는 리듬감을 형성하여 소재의 무거움을 덜어주는 역할을 한다. 그런데 「랑랑」의 경우 '랑랑'을 반복함으로써 화자의 상황에 몰입하게 만들지만, 「서면로터리 꽃밭에서」의 경우, 시의 후반부에 '그렇다'라는 표현이 남발되고 있어 산만하게 느껴진다. 이는 어떠한 질문에도 같은 대답을 할 수밖에 없음을 보여주기 위한 전략이지 않을까 싶은데, 어쩌면 '소룡'과 '진'은 형제복지원 사건의 피해자일 수도 있다. 그렇기에 같은 대답으로 일관하는 모습은 후유증의 한 형태이며, 이 같은 반응은 다름 아닌 피해자들의 현실임을 적확하게 그려내고 있다고 여겨진다.

두 시에서 사용하고 있는 줄임표는 현장감을 더하는 역할을 한다. 「랑랑」에서 특히 그러한 경향이 두드러지는데, 시에서 줄임표는 반복되는 문장 사이 위치하며, 처음에는 어절과 어절 사이에서 짧은 호흡처럼 작용하다가 곧이어 음절과 음절 사이에 배치하여 숨을 거푸 토하듯이 읽도록 만든다. 줄임표가 사용된 지점을 읽다 보면 물에 빠진 누군가가 구조요청을 하듯이 말을 쏟아내는 중에 물을 먹는 상황처럼 느껴진다. 이윽고 천천히 물속으로 가라앉는 것으로 이 세계와 단절되는, 화자의 상징적 죽음 상황을 체험하도록 만든다.

이런 이런 이런… 오늘도… 또… 역시… 할 말이 없네요… 또 백골 하나… 또 정강이뼈 하나… 또… 등골 휘어진 비녀 하나… 누런 무명 실에 칭칭 매여 달빛이 스며드는 매화잔등처럼 부드러운 풀을 쑤어 거친 손이 쑥쑥 바른 창호지에 문고리가 당겨 주는 당찬 기운에 한번 빠져보지도 못하고 묻힌 유치들… 거세된 닭이 우우우… 눈에 젖은 나뭇

잎처럼 울어요 거세된 딸이 꼬꼬댁 거세된 엄마가 꼬꼬댁 웃어요 흰옷의 흰고름의 흰 피가 번져 나간 이 길로 봉두난발 사내가 휘청휘청 새벽의 입김처럼 끌려 나가고 손가락 사이 비녀 흘러내린 새댁 껍질 벗겨진 닭처럼 끌려 나가고 피투성이 아가… 아가… 아가… 아가… 아장아장 걸어 나가고… 꼬꼬댁 꼬꼬… 계란이 쏟아지고… 늑골이 쏟아지고… 정강이가 쏟아지고… 아, 아, 억, 억, 함박눈이 내리잖아요 메리 크리스마스!

「에그노그eggnog」 부분

「에그노그」는 세 페이지 분량의 긴 시임에도 줄임표를 사용하고 있다. 많은 이야기를 했지만 여전히 할 이야기가 남아있다는 뜻일 것이다. 이 시는 특히 상상력이 돋보이는데 먼저 '에그노그' 만드는 과정을 상세히 그린다. 그런데 계란을 깨면 흰자와 노른자가 쏟아지듯이 음악에서부터 공개처형, 대학살에 이르기까지 수많은 이야기가 쏟아진다. 달콤한 에그노그를 즐길 줄 알았던 독자는 난데없는 피투성이에 일순간 긴장하게 된다. 시는 '유치'조차 빠지지 않은 아이에서부터 '비녀' 꽂은 새댁까지 역사 속에서 이루어진 명분 없는 학살이 남녀노소를 구분하지 않았다는 걸 묘사로 보여준다. 이때 줄임표는 묵념의 시간으로 이끈다. '또 백골 하나… 또 정강이뼈 하나… 또… 등골 휘어진 비녀 하나…'를 읽는 동안 침묵은 반복되고 짧은 시간이지만 뼈의 주인들을 애도하게 만든다. 이때 줄임표는 시의 행간을 사유하는 방식과는 약간의 차이를 보인다. 행간은 앞 행이나 연과의 연관성으로 사유의 폭을 넓히는 반면 줄임표는 그 부호가 사용된 지점에 집중하게 만든다. 당연한 말 같지만 줄임표가 나열을 간략하게 정리하는 부호라는 점에서 '집중'을 포함하는 송진 시인의 줄임표 사용은 새롭다. '아가… 아가… 아가… 아가… 아장아장 걸어 나가고… 꼬꼬댁 꼬꼬… 계란이 쏟아지고… 늑골이 쏟아지고… 정강이가 쏟아지고…' 같은 경우, '아가' 끝에 사용된 네 개의 줄임표는 그 역할대로 학살로 희생된 많은 '아가'들 중 일부를 언급한 형태이거나 '아장아장 걸어 나가는' '아가'의 행동을 시각적으로 나타낸 것이라고 할 수 있다. 뒤이어 사용된 줄임표 또한 '쏟아지'는 많은 모습 중에 일부만 기록한다는 축약의 의미를 내포한다. 그런데 앞서 「랑랑」에서도 그랬듯이 줄임표를 사용하는 방식이 시 전반이 아니라 한 지점에 몰아서 쓰고 있기 때문에 스쳐 지나는 시선이 아니라 되짚는 눈이 되게 한다. 그로 인해 「랑랑」에서는 화자가 물속으로 가라앉는 모습을 입체화하고 있었다면 「에그노그」에서는 '아가', '계란', '늑골', '정강이'로 대표되는 존재들이 살아나거나, 환생하는 것처럼 느껴지게 만든다. '백골'로 남은 그들에게 살을 붙여줌으로써 애도의 한 모습을 완성하는 것이다.

　　앞서 몇몇 시를 통해 느꼈을지 모르겠으나 송진 시인의 강점은 말 부리는 능력이다. 『방금 육체를 마친 얼굴처럼』은 40편의 시가 수록되어 있다. 보통 시집 한 권에 약 60~70여 편 정도의 시편이 수록되는데, 그에 비하면 현저히 적은 편수라고 할 수 있다. 이는 송진의 시편들이 대부분 장시이기 때문이다. 시집 맨 마지막에 실린 「우리는 무엇으로 사는가」같은 경우 94쪽에서부터 110쪽까지 이어지는 매우 긴 장시다. 시 호흡이 길다는 것은 줄임표 설명에서도 언급하였듯이 할 이야기가 많다는 뜻으로, 절제와 압축을 중요하게 여기는 시의 습성과는 다소 거리감이 느껴질 수도 있다. 특히 서사가 아니라 이미지 중심일 때 눈에 바로 들어오지 않기 때문에 장시는 쓰는 쪽도 읽는 쪽도 부담스럽다. 그럼에도 불구하고 등단 24년 차에 일곱 권의 시집을 출간한 시인이 그런 선택을 한데는 여러 이유가 있겠으나 필자가 느끼기엔 언어를 너무 사랑하기 때문이 아닐까 싶다.

세계의 언어는 늘 민트빛처럼 새록새록 아름다워요 별뉘는 틈 사이로 들어오는 작은 햇살이래요 국어사전을 찾아본 적은 없어요 맞으면 어떻고 틀리면 어때요 아름다운걸요 얼음다운걸요

「시간의 기록자」 부분

화자의 말처럼 '맞으면 어떻고 틀리면 어떤가'. 다만 시를 써야만 사는 자의 고독을 누군가 읽어주면 될 일이다. 그것은 아름답기도 얼음답기도 하므로.

# 수다스러운 색깔들

안차애, 『초록을 엄마라고 부를 때』, 천년의 시작, 2022.

우리가 사는 세상에서 색을 빼면 어떤 현상이 벌어질까? 필자는 글쓰기 교양수업에서 학생들이 쓸 글의 주제를 직접 정하도록 했다. 총 10개 조가 주제를 제시하였는데, 거수투표 결과 최다 득표는 '온 세상이 흑백으로 변하면 무슨 일이 일어날까?'였다. 학생들은 선정된 주제가 마음에 드는지 빠르게 글을 써냈다. 분량을 500자 한정으로 두어 긴 글은 아니었으나 상상조차 한 적 없다는 고백부터 색맹인 친구의 마음을 헤아리는 역지사지 심경까지 다채로운 이야기들이 글에 담겨 있었다. 그런데 대부분이 구분하지 못하는 것에 대한 두려움을 토로했다.

없다는 전제만으로도 학생들이 공포를 느낄 정도로 색깔은 외면할 수 없는 중요한 삶의 요소이다. 눈에 걸리는 다채로운 색깔들은 다채로운 만큼 그 역할도 다양한데, 우선은 색깔별로 인간의 감정 변화를 진단하거나 심리치료에 활용된다. 또한 의식이나 행사에 동원되거나 취향에 관여한다. 구별의 기준이며 표현 방식이다. 무엇보다 보이기 때문에 분명한 말이자 외면하지 못하는 말이다. 그렇기에 색깔은 힘이 세다. 안차애 시인의 세 번째 시집 『초록을 엄마라고 부를 때』에는 표제시를 비롯한 여러 시에서 색깔의 힘을 만끽할 수 있다.

> 빨강 피망볶음과 방울토마토 샐러드
> 빨강 오미자즙에 살짝 섞은 소주 한 잔,
> 오늘의 메뉴는 빨강이다

헐떡이며 길어지는 바닥의 빈곤일 땐
누가 혓바닥보다 긴 식도의
식도보다 깊은 밥통의, 밥통보다 집요한
빨강의 허기를 아는 척 좀 해 줬으면 좋겠어

빨강 같이할래요?
빨강 좀 나누어 볼까요?

내게 친절한 사람이란
빨강에 민감하거나 빨강이 넉넉한 사람
배경이 빨강이거나 진창이 빨강인 사람
비밀이나 꿈까지 빨강이라면 최상급이지

「오늘의 메뉴는 빨강」 부분

　　빨강은 배경보다는 센터가, 침묵보다는 열광이 어울린다. 넋두리보다는 악다구니가, 새순보다는 열매와 어울린다. 참말보다는 거짓말, 순수보다는 관능, 무감보다는 자극, 평면보다는 삼각뿔, 평정심보다는 히스테리, 순응보다는 저항에 가깝다. 무엇보다 정치적이다. 이상, 빨강에 대한 선입견 내지 보편적인 이미지를 모아봤다. 나열에서도 알 수 있듯이 빨강의 포지션은 대체로 선동이나 중심 같은 눈에 띄는 역할이다. 위의 시에서 '빨강'은 이 같은 보편적인 빨강과 다소 거리가 있다. 화자 앞에는 '빨강 피망볶음' '방울토마토 샐러드', '빨강 오미자즙에 살짝 섞은 소주 한 잔'이 놓여있다. 이때 '오늘의 메뉴'는 화려한 색감과 달리 허허로운데, 이는 화자 혼자 술잔을 기울이는 성찬이기 때문이다. 화자는 이러한 상황을 '빨강의 허기'로 선언하면서 누군가 그가 가진 '빨강'을 '아는 척 좀 해 줬으면' 한다. '빨강 좀 나누어 볼까요?'라는 물음에 누군가 자신에게 친절을 베풀기를 원하고 있다. 여기서 화자에게 '친절한 사람'이란 '빨강에 민감하거나 빨강이 넉넉'하거나 '배경이 빨강이거나 진창이 빨강'이거나 '비밀이나 꿈'이 '빨강'인 사람이다. 그런데 시에서 반복되는 '빨강'은 앞서 나열했던 '빨강' 이미지의 보편적 범주에 들지 않는다. 어떤 '빨강'은 도대체 그 붉음의 실체조차 알 수 없다. 그렇다면 시인은 왜 실체가 잡히지 않는 것에 색을 입혀 그를 '친절한 사람'으로 명명할까. 이는 화자가 허기를 채우는 방식인 듯싶다. 시는 빨강 피망 볶음이나 방울토마토 샐러드 같은 선명한 색을 앞세워 휘장에 둘러싸인 누군가를 선연하게 만들고 있다. 이로써 '빨강에 민감하거나 빨강이 넉넉한 사람'은 시 속에서 고정되는 한 사람이 아니라 시를 읽는 독자가 상상하는 사람이 된다. 이때 '빨강'이 수식하는 '민감'과 '넉넉함'과 '진창'은 '빨강' 이미지 때문에 부정적으로 읽힐 수도 있으나 실체를 가지지 않는 '빨강'이라 이분법적으로 나뉘지 않는다. 다만 누군가 그리워지게 만들 뿐이다. 시에서 지나칠 정도로 '빨강'을 반복적으로 사용하는 이유가 여기에 있다.

> 산 너머, 개가 있어요 개밖에
> 모르는 개, 개에만 골몰하는 개가 있어요
>
> (중략)
>
> 하루치 야채를 딴 사람들이 돌아가고

농장 주인의 차가 떠나도 산 너머,

개가 있어요 저녁보다 검은, 개가

있어요 제 눈빛의

검정에 갇힌 개가 제 꼬리의 검정을 뱅뱅

돌아요 맴돌수록 졸아드는 검정처럼 산 너머,

개가 어둠의 어둠이 되고 있어요


저물녘의 검정, 너머

발자국의 검정, 너머 반경 일 미터의 검은 줄

너머, 개가

「개, 너머」 부분

　위의 시는 시에서 반복해서 사용하는 '검정'처럼 어둡다. 그런데 분명 한없이 어두워지는데도 「오늘의 메뉴는 빨강」과 달리 이미지가 선명하게 잡힌다. 시는 산 너머 야채 농장에 있는 검정개에 집중한다. 일을 끝낸 '농장 주인'과 일꾼들이 집으로 돌아가도 개는 농장에 남아있다. 저물녘, '반경 일 미터의 검은 줄'에 묶인 채 인적 끊긴 농장에 덩그러니 혼자 있다. 산에서는 빨리 어두워지므로 개는 순식간에 달려드는 산 어둠에 옴짝달싹 못 하는 상태라고 할 수 있다. 시에서 그리고 있는 '검정'은 산을 뒤덮는 어둠과 산 어둠에 잠식당하고 있는 검정개를 지칭한다. 이때 두 종류의 '검정'은 분명 가시적이지만 어느 순간 아득해진다. 왜 그럴까. 우선 두 종류의 '검정'이 뒤섞이면서 '개가 어둠의 어둠이 되'어버렸다는 것이 첫 번째 이유이다. 두 번째는 그로 인해 혼자 남겨진 개의 실루엣조차 볼 수 없게 된 상황과 맞닥뜨린 탓이다. 이 지점에서 시의 주된 색깔인 '검정'은 산 어둠과 개의 검정 털이라는 가시적인 이미지를 넘어선다. 시에서 '검정'만큼이나 반복적으로 언급되는 '너머'가 '검정'보다 훨씬 짙은 어둠 속에 놓여있기 때문이다. 여기서 '너머'는 개가 있는 장소로서 '산 너머'이기도 하지만 '어둠의 어둠이 되고 있'는 개의 '너머'이기도 하다. 또한 '너머'는 시에서 가장 깊게 혹은 오래 살펴야 할 지점이기도 하다. 새까맣게 어둠이 내려앉은 산에 혼자 남겨진 개를 생각해 보자. 그것도 줄에 메여 '제 꼬리의 검정을 뱅뱅' 따라 돌 수밖에 없는 개의 반경을 헤아려보자. 아무것도 보이지 않는 산에서, 저 자신조차 볼 수 없는 깜깜한 곳에서 '제 꼬리'를 따라 도대체 몇 번을 돌아야 어둠에서 벗어날 수 있을지. 혼자 감내해야 할 공포는 또 얼마나 거대한 암흑일지. 시인은 이미 시의 제목에서 개의 이 같은 처지를 명확하게 표현해 두고 있다. '개, 너머'라고 표현함으로써 '너머'는 장소적 개념을 넘어 개의 심정임을 헤아리게 만든다. 애초에 보이지 않기에 손 쓸 수조차 없는 암흑 앞에 서 있는 개의 암담함을 체험하게 되는 것이다.

> 흰빛은 좋은 것
> 흰빛은 귀한 것
> 챠강티메* 한 마리가 숨을 탄다
>
> 어미의 젖빛이 고비의 밤을 밝힌다
> 허옇게 불어 터진 등불이 흔들린다
>
> (중략)

———
\*     챠강티메: 귀하다는 뜻을 가진 고비사막의 흰 낙타

네 다리로 서야 젖빛에 닿을 수 있다
갓 태어난 아기 낙타가 버틸 수 있는 시간은 사흘
펴지지 않는 앞다리는 사막의 지축을 무너뜨리고,

사막이 운다
모래바람이 일고 배냇짓의 온도가 곤두박질칠 때
흐린 내 눈꺼풀은 열리지 못하는 기관이다

고여 있는 젖빛이 어두워지며 운다
어미 낙타의 쌍봉이 눈물의 장부臟腑처럼
새끼 앞의 모래언덕을 흔든다

흰빛은 귀한 것
흰빛은 좋은 것
젖빛 울음이 사막의 삶, 신과 공명했던가

꺼질 듯 꺼질 듯 살아나는 숨결처럼
흰빛 한 채가,
일어선다

「젖빛이 운다」 부분


「오늘의 메뉴는 빨강」에서의 '빨강'이 한 존재의 그리움을, 「개, 너머」의 '검정'이 한 존재의 고독감과 공포를 상징한다면, 「젖빛이 운다」의 '흰빛'은 생명력을 나타낸다. 시는 네 발 달린 초식 동물의 출산 직후 상황을 다루고 있으며, 막 태어난 새끼는 스스로 일어서서 어미젖을 빨아야만 살 수 있다는 다소 진부한 주제로 풀어낸다. 그런데 누구나 다 아는 이야기임에도 반복해서 읽게 된다. 왜일까? 필자를 붙잡은 대목은 '흰빛은 좋은 것'이라는 첫 연 첫 행이었다. 과연 '흰빛'이 좋은 것인가. 조심스러움이 따르기에 흰색을 그다지 선호하지 않는 입장에서 궁금해졌다. 색깔로만 봤을 때 흰색은 순결이나 순수, 절개, 투명성, 성스러움, 희생 등 혼탁하지 않은 이미지이다. 이는 달리 말하면 혼탁하기 쉽다는 뜻이기도 하다. 흰색 옷의 경우 한 계절만 지나도 목 부위나 겨드랑이 등이 누렇게 변색되어 탈색제를 쓰거나 이도 저도 안 되면 버리는 경우가 있지 않은가. 고유의 빛깔을 고수하기 어려운 색이 바로 흰색이다.

시의 첫 연 첫 행에서 언급한 '흰빛'은 각주에서 설명하고 있듯이 귀하다는 뜻을 가진 고비사막의 흰 낙타 챠강티메의 색이다. 그리고 이제 막 새끼를 출산한 어미 낙타의 젖빛이기도 하다. 귀하디귀한 흰 낙타가 흰 새끼를 낳았으니 참으로 귀한 전경이다. 하얗게 부푼 어미 젖이 새끼를 기다린다. 시인은 이러한 모습을 '고비의 밤'을 밝히는 '등불'로 묘사한다. 그러나 고비사막이 어떤 곳인가. 고비는 몽골어로 '풀이 잘 자라지 않는 거친 사막'이라는 뜻을 지닌다. 그 명성처럼 '모래바람'이나 극강으로 치닫는 밤낮의 기온차 등 풀조차 자라기 어려운 삭막하기 이를 데 없는 곳이지 않은가. 챠강티메 새끼는 무언가 자라길 기대할 수 없는 고비사막에서 태어난 생명이기에 그 자체로 위태롭다. 새끼가 살 수 있는 유일한 방법은 네 다리를 펴서 스스로 일어나는 것. 이때 어미 낙타가 새끼를 위해 할 수 있는 일은 없다. '불어 터진' 젖이 흘러내리는 것을 그대로 두는 것처럼 새끼의 '펴지지 않는 앞다리'를 지켜보는 수밖에 없다. 시인은 흘러내리는 젖을 '고여 있는 젖빛이 어두워지며 운다'고 표현함으로써 어미 낙타의 애타는 마음을 형상화한다. '사막이 운다'는 표현 역시 어미 낙타의 심정을 확장한 것이리라. 앞서 말했던 것처럼 「젖빛이 운다」가 진부한 내용임에도 반복해서 읽을 수밖에 없는 이유가 여기에 있다. 반복을 반복하다 보면 시에서 언급하지 않아 놓칠 수도 있는 장면을 목도하게 된다. 어느 순간 신기루처럼 이제 막 숨을 튼 새끼에게서 한순간도 눈을 떼지 않는 어미의 빛나는 눈빛과 마주하게 되는 것이다. 아무것도 해 줄 게 없기에 눈을 마주하는 것은 어미로서의 최선이다. 모래바람에 흰빛이 혼탁해지지 않도록 끝까지 곁에서 흰빛으로 있는 것이다. 시를 반복해서 읽는 동안 어린 흰빛이 기어이 일어선다. 누군가는 이미 이 같은 마지막을 예상했을지도 모른다. 그럼에도 불구하고 다음 장으로 넘기지 않는 것은 '기어이' 일어서기 때문일 것이다. 어쩌면 그 자신도 함께 일어서고 싶은 것인지도.

초록 초록한 것들을 보면 엄마라고 부르고 싶다

초록은 뜯어 먹고 싶고
초록은 부비부비 입 맞추고 싶고
초록은 바람과 그늘을 불러 모으고,

슈펭글러(Spengler, R. Ostwald)는 초록을 가톨릭의 색이라고 했으니, 마리아
엄마, 눈물과 머리카락으로 다시 발을 씻어 주세요

(중략)

물색이 번지면 뒷걸음질 치는 초록의 불안

기억이 오류를 견디듯 초록은 제 무게가 힘에 겨웠을까

다가가면 벌써 흐려지거나 독해지는 초록이라는 기호

묽어지는 색처럼 증발하는 중인가요, 마리아

바닥이 없는 아래로 떨어지는 중인가요


초록이 빠진 것뿐인데

모든 색들이 무너지고 있잖아

초록이 빠진 구멍이 엄마, 엄마 부르며

나를 쫓아오고 있잖아


감춘 입들을 쏟아 내며, 내내

「초록을 엄마라고 부를 때」 부분


    지금까지 시를 통해 살핀 빨강, 검정, 흰색은 그 본연의 색이 가진 이미지에 부합하는 대상을 통해 정서를 전달하고 있었다. 그런데 위의 시는 '초록'='엄마'임을 상정하여 독자가 상상하도록 만든다. 시를 풀어 내는 방식 또한 앞서 살핀 시들과 달리 환상을 차용하여 '초록'이 '엄마'일 수 있음을 보여준다. 화자는 '초록 초록한 것들을 보면 엄마라고 부르고 싶'고 '뜯어 먹고 싶고' '입 맞추고 싶'어한다. 시에서 언급하고 있듯이 '초록'은 '가톨릭의 색'으로 예수의 어머니인 '마리아'를 상징하기에 시인이 '초록'='엄마'라는 공식을 성립시킨 것으로 여겨진다. 시에서 '초록'은 어머니에 대한 강렬한 그리움의 색깔로 늘 부르고 싶고 입 맞추고 싶지만 끊임없이 눈앞에서 멀어진다. 그것이 옷의 색이든 기억 속의 색이든 간에 화자가 '부비부비 입'을 '맞추'기도 전에 '휘발하'거나 '흐려지거나' '증발'한다. 이때 '초록'이 사라진다는 것은 '엄마'가 사라지는 것과 같다. 그러니까 엄마라는 기억을 끌어당기면 당길수록 '뒷걸음질 치'고 있는 형국이다. 눈앞에 '초록 초록한' 것들이 여기저기 널려 있지만 '다가가면 벌써 흐려지거나 독해'져서 '엄마'가 잡히지 않는 안타까운 상황이다.

화자의 입장을 한번 생각해보자. 앞서도 언급했듯이 화자는 '초록 초록한 것들을 보면 엄마라고 부르고 싶'어한다. 그런데 우리 주변에 '초록 초록한 것들'이 얼마나 많은가. 특히 여름 풍경에서 초록색이 차지하는 비중은 거의 전부라고 해도 과언이 아니다. 그러니 이쪽저쪽 고개만 돌려도 엄마가 떠오를 수밖에 없다. 그런데 다가가면 잡히지 않으니 애가 탈 일이 아닌가. 이 시가 표제시가 된 데는 이렇게 파생되는 의미가 크기 때문이지 싶다. 보통 어머니에 대한 그리움이나 안타까움을 토로하는 시들은 그 감정을 직접 표현하거나 어머니를 떠올릴 수 있는 스웨터, 고무신, 빗 같은 객관적 상관물을 이용해 정서를 전달한다. 마찬가지로 첫 연에서 초록색 조끼만 보면 엄마라고 부르고 싶다고 했다면 시는 개인의 추억으로 축소되었을 것이다. 그런데 초록색의 어떤 물건이 아닌 '초록'을 어머니로 상정함으로써 초록색으로 된 모든 것을 어머니로 만드는 동시에 어머니에 대한 그리움 역시 증폭시킨다. 어머니의 부재는 '초록이 빠진 것뿐인데/모든 색들이 무너지'는 것과 같다. 어미 차강티메의 흰빛 실루엣이 새끼에게는 생명의 빛이듯이 이 세상 모든 어머니는 또 하나의 세상인 탓이다.

지금까지 『초록을 엄마라고 부를 때』에서 그리고 있는 다채로운 색감들을 만끽해보았다. '빨강'은 빨강만큼 끌렸고 '검정'은 검정 너머까지 어두웠고 '흰색'은 흰빛으로 살아났고 '초록'은 '초록'에서 멀어졌다. 서로 다른 색감의 교차 속에서 많은 이야기가 번지고 번져갔다. 알록달록 수다 덕분에 귀가 자랐다고 해야 하나. 『초록을 엄마라고 부를 때』에는 앞서 살핀 색감 외에도 '브라운'(「시나몬처럼」)의 달콤함이나 '파랑'(「차서次序」)의 '명상법' 등 여러 색을 만날 수 있다. 이제 막 벌어지기 시작한 가을과 함께 색의 세계가 품고 있는 무한대의 이야기를 만끽해보길 바란다.

# 롤러코스터와 옆자리

김사리, 『파이데이』 한국문연, 2019.

상상에 상상을 더하면 상상 밖의 길이 열린다. 그 길은 바라마지않던 길이 아니라 누구도 밟지 않은 눈밭에서의 첫걸음 같은, 없는 길이다. 발바닥이 바닥에 닿기 전까지, 바닥을 온몸으로 느끼기 전까지 그것이 길인지조차 모르는 그런 길이다. 발밑은 걸음을 내딛는 순간 허방일 수 있고 구릉일 수 있고 덫일 수도 있다. 그렇기에 '대단한, 놀라운, 신기한'과 같은 관념적 수식에 잡히지 않는다. 어느 쪽으로도 가늠되지 않는 체감할 수 없는 길인 것이다. 그것이 상상력으로 무장한 시가 가진 예측 불가능성의 매력이다.

두 눈을 지운 자리에서 손가락이 자라기 시작했어요
손가락 끝에 생긴 눈이 비밀번호를 누릅니다
해제된 약속이 풍경을 이끌고 안방으로 들어갑니다

「세 번째 눈」 부분


박쥐와 거울이 한 마리의 앵무새가 될 때까지


한없이 가면 우리는 순순히
정해진 퍼즐 조각이 될까

「Limit」 부분

이 혓바닥은 심장 쪽으로 길게 깔린 붉은 카펫입니다 거울의 이마
를 살짝 스치고 지나간,

「겨울의 습관」 부분

『파이데이』에 수록된 시 대부분은 상상을 기반으로 하고 있다. 「세 번째 눈」에서는 눈이 있던 자리에 '손가락'이 자라고 다시 '손가락 끝에' 눈이 생기고, 새로 생긴 눈을 따라 기어코 '안방'까지 간다. 시는 이 같은 변화무쌍을 세 행으로 처리해 단시간에 맛보게 만든다. 변화지점들은 도무지 개연성도 없고 납득되지 않지만 묘하게 끌린다. 상상의 레일을 오르내리는 롤러코스터를 탄 기분이랄까. 연결점이 없는 '박쥐와 거울'을 묶어 '앵무새가' 되게 하고 나아가 '우리'가 '퍼즐 조각'이 되는 지점에까지 이르게 하는 「Limit」이나, '거울'을 스친 '혓바닥'이 '심장 쪽으로 길게 깔린 붉은 카펫'이라 단언하는 「겨울의 습관」 역시 롤러코스터의 속도로 상상의 진폭을 넓혀나간다. 이 롤러코스터식 전환은 스릴을 만끽하게 하는 한편 이전 이미지에 함몰되지 않게 만든다. 천착하고 천착해서 의미를 획득해가는 방식이 아니라 이질적인 이미지 충돌을 통해 새로운 의미를 생성한다.

이 같은 방식은 다소 무거울 수밖에 없는 사회적 문제를 다룰 때, 낯선 소재를 차용해 시의 간극을 만들면서 그 무게감을 독자별로 다르게 체감하게 만든다.

주저앉은 아이들이 연기를 내뿜으며
성난 파도가 되는 시간
아이들은 발목을 잘라 계단 아래로 던진다

뒷굽 없는 신발이 계단을 오르고 있다
밟으면 계단이 되는 뭉게구름
파도가 된 아이들의 신발이
창밖 수평선에 앉아 젖은 몸을 말린다

계단으로 만들어진 세상이 아이들의 구름을 받쳐준다
구름을 쳐다보던 한 아이가
울고 있다

올라가는 옥상
마주치는 공중

발목 없는 파도가 몰려들어
뒷굽 없는 신발을 벗겨 계단 아래로 던진다

높이 올라갈수록 다른 바닥에 도착하는
아이들이 만든 구름 층계
구름이 구름 아래가 되는 것은 순식간의 일
파도가 새처럼 날아다닌다

최후의 지점에서 방향을 바꾼 신발의 날갯짓

날아오른 계단
추락하는 공중

날갯짓 멈춘 바닥에는 웃는 법을 모르는 개들이 컹컹 짖는다

내려오는 계단 밑의 바닥
더 이상 나갈 곳이 없는 비상구

몸속 파도가 다 빠져나오면 새들은
얼마나 더 높은 바닥에 닿을 수 있을까

뭉게구름을 입에 문 아이가
공중으로 몸을 던졌다

계단 입구에서 비상구 불빛이 깜박인다

「비상구」 전문

위 시는 '계단'이 가진 상승과 하강의 반비례적 생리를 이용해 아이들 세계의 집단 괴롭힘을 형상화하고 있다. '옥상'은 올라가야 마주할 수 있는 곳이다. '계단'을 올라야만 당도하는 '옥상'은 '공중'과 가깝고 '바닥'에서는 멀다. 그런 이유로 '뭉게구름을 입에 문 아이가/공중으로 몸을 던졌다'. 이로써 계단은 아이의 행위 결과의 책임으로부터 비켜날 수 없게 된다. 그럼 '바닥'은 어떨까. 시에서 '바닥'은 '계단'을 내려가야 만날 수 있는 곳으로 묘사하고 있다. 계단을 오르지 않은 상태에서 두 발을 딛고 있는 곳, 몸을 던져도 상할 염려가 없는, '공중'으로부터 먼 곳이다. 그러나 '공중'에서 바라보면 '옥상' 역시 '바닥'이다. 그렇기에 '높이 올라갈수록 다른 바닥에 도착'하게 된다. 아이가 '바닥'에서 '바닥'으로 몸

을 던졌으니 '바닥' 역시 아이의 행위 결과의 책임으로부터 비켜날 수 없다. 여기까지가 '계단'과 '바닥'의 물리적 기능에 대한 설명이었고, 이제부터는 '계단'과 '바닥'의 시적 기능을 알아보자.

　시인이 상정한 '계단'은 '뭉게구름'이자 '날아오르는' 것으로서 상승 이미지로 그려진다. 더해서 우리가 사는 '세상' 역시 '계단으로 만들어'졌으며 '아이들의 구름을 받쳐주'고 있다고 말한다. 그러므로 이 세상에 사는 '아이들'은 계층 질서 속에 놓인 존재로, '계단'의 상승 이미지가 결코 긍정을 내포한 이미지가 될 수 없는 것이다. 이로써 아이들 또한 세상의 계층 질서를 그대로 답습하게 되고, '아이들이 만든 구름 층계'에 의해 '구름이 구름 아래가 되는' '순식간의 일'이 벌어진다. 그 결과 '계단'은 누군가가 '추락'하기 위해 이용하는 '날아오른' 발판 역할을 한다. '바닥'은 앞서 언급했듯이 물리적으로는 지상의 바닥과 옥상의 바닥으로 나눌 수 있지만, 계층(계단) 질서에서는 '내려오는 계단 밑의 바닥'이다. 그곳에 '비상구'가 있다. 그러나 '더 이상 나갈 곳이 없는 비상구'일 뿐이다. '계단 입구에서 비상구 불빛이 깜박'인다고 해서 대안이 되지 못한다. 그렇기에 '바닥'으로 낙인찍힌 '아이'는 '공중으로 몸을 던'질 수밖에 없는 것이다.

　김사리 시인은 『파이데이』에서 '계단'이라는 소재를 다채롭게 활용한다. 「나선형 마술」에서는 '나선형 계단'을 차용해서 '속고 속이는 세상에서' 존재들이 '사라지는 기술'을 선보인다. 오르고 내리는 계단의 수직적 개념이 아니라 '나선형'이라는 시각적 이미지와 마술을 접목해 '사라짐'이라는 수평적 개념으로 형상화한다. 「Wafers」에서는 잘 부스러지는 'Wafers'의 특질을 '쉽게 부서지는 계단' 이미지로 치환하여 '보이는 것만이 다'가 '아님'을 이야기한다. 시 속에서 '계단'은 단지 필수 불가결한 생활 방식에 한정되지 않고 사회 구조를 나타내거나 추락을 내포하는 상징물이자 관계의 이면을 드러내는 매개물로 그려지고 있다. 이로써 소재는 단일 의미망에서 벗어나 체험 각도에 따라 다른 의미를 파생시킨다.

김사리 시인은 상상과 함께 환상도 자주 사용하는데, 앞서 「비상구」에서 살폈던 상상의 방식이 사회문제의 무게를 분산시키기 위한 방편이었다면 환상은 객관적 거리를 확보하는 역할을 한다. 특히 가족사를 다룬 시에서 그 역할이 두드러진다. 『파이데이』는 시인의 첫 시집이다. 그래서인지(모든 시인이 그런 것은 아니나, 대체로 시집 출간 횟수가 늘어날수록 가족을 소재로 한 시를 만나기 어렵다.) 가족사를 엮은 시도 일부 만날 수 있다. 그런데 몇 편 되지 않는 시편임에도 시작법이 확연하게 다른 경우가 있어 고개를 갸웃하게 만든다. 다양한 방식으로 시작(詩作)을 구사한 것은 객관적 거리를 확보하기 위한 실험이지 않을까 싶은데, 앞서 언급했듯이 일부 시인들이 시를 쓰면 쓸수록 가족을 소재화하지 않는 주된 이유는 너무 가까운 존재들이기 때문이다.

바닥을 두드리다 바닥이 된 아버지
망치질할 때마다
밑바닥 가족사가 사차선 도로처럼 펼쳐졌다
길목 고려당 빵집 앞에서 아버지는
앉은뱅이 의자였다
그 의자,
구부러지고 구멍 난 길들을 박음질했다
인파가 썰물처럼 빠져나가면

부표처럼 흔들리던 아버지

정작 세상에서 흘러내리는 당신은 붙이지 못해

망치에 손가락이 터지기도 했다

(중략)

나는 아버지의 가슴에 못 박은 망치였다

가슴에 수장된 슬픔을 향해 돌진하는

저 바닥의 신호,

아버지가 타전되고 있었다

「시그널」 부분

시인의 다른 시들과 달리 「시그널」은 아버지를 직접적으로 드러낸다. 그의 위태로운 삶을 문장으로 낱낱이 고발하고 있어 잘 읽힌다. 궁금증이 생기지 않는 시라고 할까. 수선공으로 평생을 '바닥'으로 산 아버지의 희생이 있고, 그런 '아버지의 가슴에 못'을 박은 불효막심한 화자가 있다. 아버지에게 '망치'였던 자신을 용서하지 못하는 화자의 후회가 '시그널'로 형상화되는, 스토리도 표현 방식도 진부해서 김사리의 시로 묶으려니 뭔가 어색하고 낯설다. 그런 점에서 환상을 개입시키지 않았던 시인의 초반 작품이라고 짐작되는데, 같은 주제를 다루고 있는 「나비의 집」과 비교를 해보면 더욱 선명해질 것이다.

그늘을 썰어 넣은 어머니의 항아리가 방안에 떠다녔다

공복의 입속에는 어둠이 차올랐다

한 번도 쏟지 않은 항아리가 궁금하여 혀 끝에 닿는 입속을 어머니
라 불렀다
휘휘 젓는 손길을 따라 하얀 나비 떼가 날아올랐다

(중략)

냉골 방안에서 어머니의 항아리가 떠다니고 있었다
온몸으로 항아리를 지탱하던 기둥의 신음이 앙다문 입속을 두드리
듯 빙빙 돌고 있었다

"어둠도 얇게 썰면 날개가 되는 거란다"

항아리를 움켜진 커다란 손 하나가 항아리를 뒤집어 툭툭 털고 있
었다
굳게 닫혔던 입술을 비집고 하얀 나비 떼가 날아올랐다

「나비 집」 부분

어머니에 대한 그리움을 담고 있는 「나비 집」은 환상을 통해 그리
움을 구체화한다. 시에서 장소적 배경인 항아리가 있는 방안은 '냉골'에
'어둠'으로 차 있다는 점에서 스산하게 느껴질 수도 있지만 결코 정적이
지 않다. 무언가 끊임없이 움직인다. '항아리가 방안에 떠'다'니고, '하얀
나비 떼가 날아오'르고, 누군가 '항아리를 뒤집어 툭툭'턴다. '항아리'만
있는 공간이지만 떠다니고, 날아오르고, 항아리를 터는 등의 여러 모습
을 환상으로 장치한 덕분에 빈틈없이 차 보인다. 여기서 '어머니의 항아
리'는 어머니가 생전에 쓰던 유품일 수도 있고 유골함일 수도 있어서 존

재 자체만으로 무겁다. '항아리'라는 소재 또한 신선하게 와닿지 않는다. 그런데 항아리를 떠다니게 만듦으로써 어머니를 단박에 생전 모습으로 복원시킨다. 장을 담그고 씻고 닦고, 항아리를 돌보는 동선이 그려지면서 어머니의 손길을 살린다. '하얀 나비 떼가 날아올랐다'는 점에서 항아리는 유골함으로 읽히기도 하는데, 납골당에 가본 사람은 알 테지만 일반 봉안실는 대체로 아파트 형태를 띤다. 유골함이 10층 안팎으로 층층이 모셔져 있어서 높은 층은 A형 사다리를 이용해야 겨우 유골함을 볼 수 있으며 눈높이가 맞지 않은 탓에 공중에 떠 있는 것처럼 느껴지기도 한다. 그러니까 「나비의 집」은 추모 중인 화자의 어머니에 대한 추억을 환상의 방식으로 묘사하고 있는 것일 수도 있다는 말이다. 어떤 방향으로 읽든 '항아리'는 어머니를 대리하는 객관적 상관물로서 어머니를 잊지 못하는 화자의 심경을 담고 있다. 그런데 가족을 소재로 삼을 경우 앞서 거론했듯이 자칫 주관적 감정에 함몰될 수 있다. 그러한 위험에서 벗어날 수 있는 유용한 방법이 바로 「나비 집」에서 보여주고 있는 환상이며, 시에서 절제된 감정은 자연스럽게 독자의 몫으로 넘겨진다. 결과적으로 독자는 시를 읽으면 읽을수록 감정이 차오르는 이상한 경험을 하게 되는 것이다.

환상은 이렇듯 에두르는 방식으로 시적 대상과의 거리 두기를 할 수 있다는 점에서 독자의 자리를 넓혀주는 시작(詩作) 방법이기도 하다.

극장은 그림자의 정면입니다
안녕하세요?
뒤늦게 꺼내든 그림자가 낯선 목소리에 부딪혀 넘어지고
모자를 고쳐 쓴 당신이

쓰러진 그림자를 스크린에 옮깁니다
밖이 안이 되는 표정으로 만들어진
모자의 눈빛은 그대로 공중에 매달려 있군요

울음을 버린 고양이 걸음으로
이중 잠금장치를 떼어낸 침실로 들어가면
입을 벌린 채 몇 년이나 늙어버린 당신이
티브이를 켜놓고 잠이 들었습니다

모자 위에서 내려다보면
웃자란 그림자가 높은 언덕을 넘어가고
안은 짓눌린 일상으로 무거워지는 중입니다

음소거된 화면 안이 밖으로 바뀝니다
모자의 어깨에 걸쳐진 머리카락의 시선으로 보면
안팎 구분 없는 잠은 행위이고 모자는 지친 영혼입니다

스크린이 무거워져 상영은 끝내야겠어요

아직 극장에 있나요?
모자를 눌러쓴 모자의 흔적처럼
음소거된 화면 밖의
당신은,

「묵음」 전문

「묵음」 역시 「나비 집」과 같은 방식을 차용한다. 앞서 「나비 집」이 '항아리'를 통해 '어머니'를 소환했다면, 「묵음」은 '아버지'로 유추할 수 있는 인물을 '모자'로 상정하여 이야기를 풀어낸다. 시는 관람자의 구역과 관람을 당하는 '당신'의 구역으로 나뉜다. 스크린에는 '당신'의 '침실'이 보인다. '티브이'가 켜져 있고 '입을 벌린 채 몇 년이나 늙어버린 당신이' '잠'들어 있다. 여기서 스크린을 관람하는 시선은 다양한데, 대체로 '모자'를 중심에 두고 이루어진다. 모자가 있는 곳에서 안쪽은 잠든 당신이 있는 곳이면서, '짓눌린 일상으로 무거워지는' 곳이자 '음소거된 화면 안'이다. 그런데 '모자의 어깨에 걸쳐진 머리카락의 시선'으로 보면 '안 팎 구분 없는 잠은 행위이고 모자는 지친 영혼'이다. 그렇다면 스크린 속 '당신'은 누구이며, '모자'는 또 누굴 지칭하는 것일까.

1연에서 '모자를 고쳐 쓴 당신'이라는 표현으로 짐작하건대 모자의 주인은 다름 아닌 '당신'임을 알 수 있다. 그러니 시 속의 시선들부터 정리해야 시가 제대로 보일 것 같다. 먼저 '그림자'와 '모자를 고쳐 쓴 당신'은 같은 사람으로, 극장에 앉아 스크린을 보는 시선이다. 그리고 그런 당신을 뒤에서 바라보는 시선이 있다. 앞 시선은 줄곧 앞만 보고 있으며 뒤 시선은 줄곧 '당신'만을 바라본다. 이때의 바라봄은 단순히 눈에 들어오는 대로 보는 시각적 바라봄이 아니라 환상 작용에 의한 시선이다. 앞서 말했듯이 '당신'에게로 향하는 시선은 '모자 위에서 내려다보'거나 '모자의 어깨에 걸쳐진 머리카락의 시선'으로 옮겨지기를 반복한다. 그로 인해 스크린 앞에서 졸고 있는 당신의 모습은 '티브이를 켜놓고 잠'든 평소의 모습과 교차하면서 '당신'의 '짓눌린 일상'까지 볼 수 있게 된다. 이때 '당신'을 바라보는 시선은 '모자를 쓴 당신'만 보이기 때문에 극장의 스크린은 '음소거된 화면'일 수밖에 없다. '모자를 고쳐 쓴 당신이/쓰러진 그림자를 스크린에 옮'긴 순간부터 화자는 극장에서 틀어주는 영화 장면이 아닌, 당신을 등장시킨 장면을 보고 있었기 때문이다. 화자는 결국 당신이 주인공인 장면을 끝까지 보지 못하고 '스크린이 무거워져 상영'을 '끝내야겠'다고 고백한다. '모자를 눌러쓴 모자의 흔적'를 보고 말았기 때문이다. '모자는 지친 영혼'이라는 문장에서 알 수 있듯이 그만 '당신'을 짓누르고 있는 삶의 무게를 목도하고 만 것이다. 그러나 「묵음」 역시 「나비 집」과 마찬가지로 직접적으로 감정을 드러내지 않는다. 시선의 위치 변화를 통한 상황적 묘사만으로 대상을 그려낸다. 이로써 시인과 화자 간 분리가 가능해지고 화자와 대상 간의 거리 또한 확보할 수 있게 된다.

가족은 적나라하다. 그래서 은유가 아니라 직설이, 방어보다는 공격이 앞선다. 가족을 시에 불러왔을 때 대체로 후회와 반성, 고백 일색인 이유가 여기에 있다. 고백적 자기성찰이자 대면인 상태일 때는 진정성 있는 태도일 수 있다. 그러나 관람자(일테면 독자)의 입장에서는 신파로 읽힐 위험성이 크다. 앞서 말했듯이 주관적 감정에 휩쓸리기 쉬우며 거리를 확보하지 못해 독자의 감정이 비집고 들어갈 틈이 없기 때문이다. 김사리 시인이 구사하는 상상과 환상은 이처럼 일기로 전락할 위험을 방지하는 작업이면서 틈 없음에 틈을 내는 작업이라고 할 수 있다.

문장을 뒤틀고 이질적인 이미지를 충돌시키고 배열을 흩트리는, 김사리의 시들이 어렵게 느껴지는 이유를 우리는 곰곰이 생각해 볼 필요가 있다. 안락하지 않지만 그곳이야말로 시인이 정성으로 마련해놓은 독자의 자리일 수 있으니.

# 이상한 나라와 상상의 아이들

박길숙, 『아무렇게나, 쥐똥나무』, 시인의 일요일, 2024.

 

능청스럽기로 치면 시를 따를 재간이 없다. 몇 마디로 빌딩을 쌓거나 햇볕을 꺾어버린다. 몸을 숨기거나 몸을 죽인다. 시가 하는 말은 거짓말이거나 거짓으로 위장한 참말이거나 헤아릴수록 빠져들거나 빠져나가거나,

> 정말로, 강조하면 단단해지는 사과. 굴러가지 못하고 정물이 되는 사과.
> 빨강 뒤에 검정을 숨기는 사과. 나무 쟁반 위에서 결실을 보는 사과.
> 사과답지 못한 자세로 앉아 있는 사과. 어색한 침묵을 애써 뭉개 버리
> 는 사과.
> 꽃병이 어울리는 사과. 꽃병 옆에서 평생을 기다려 줄 것 같은 사과.
> 씨앗을 품은 사과 안에 사과. 언젠가 정말로 사과가 될 거 같은 사과.
> 사과 같은 사과. 사과 같지 않은 사과. 정말로,
>
> 「없는 사과」 전문

시는 참말과 거짓말을 골라보라는 듯 '사과'를 남발한다. 여기서 '사과'는 '단단', '정물', '빨강', '결실', '씨앗' 등으로 수식되므로 사과나무에 열리는 과실로서의 사과(沙果)라고 여겨진다. 시에서 수미상관으로 배치되어 있는 '정말로'라는 부사는 어떤 역할을 부여받은 듯하다. '정말로'는 거짓이 아님을 강조할 때 쓰기에 '사과'는 진짜라는 뜻일 것이다. 그러나 시를 열면서 언급하고, 중간에 한 번 더, 닫으면서 또다시 언급하

고 있어서 도리어 의문이 든다. 지나친 강조는 진실을 은폐하려는 수단이기도 하니, 도리어 진짜 '사과'가 아닌 것처럼 읽게 된다. 사과(沙果)가 아니라면 잘못에 대해 용서를 구하는 사과(謝過)일 터, 그렇게 보니 '빨강 뒤에 검정을 숨기는'이라거나 '사과답지 못한 자세로 앉아 있는', 혹은 '어색한 침묵을 애써 뭉개 버리는' 같은 표현이 거짓된 사과(謝過)의 행태로 읽힌다. 평면 공간의 그림이 어느 순간 입체화로 보이는 착시화처럼, 나무 쟁반 위에 올려진 사과 그림을 apple이 아니라 apology로 읽고 있는 것이다. 그렇기에 '사과 같은 사과'나 '사과 같지 않은 사과'는 정물화 속 사과가 실제 사과(沙果)와 유사하거나 그렇지 않다는 의미와, 누군가의 사과(謝過)가 진정성 있게 느껴지거나 그렇지 않다는 이중의 의미를 가진다. 그런 점에서 시를 여는 '정말로'는 종류와 무관하게 사과에 집중하게 만드는 유도로서의 강조이며, 시를 닫는 '정말로'는 진실을 폭로하는 사실로서의 강조라고 할 수 있다. 그러나 제목이 말해주듯이 두 사과는 모두 실체가 없다. '굴러가지 못하고 정물이 되는 사과'는 그림일 뿐이다. '사과답지 못한 자세로 앉아 있는 사과'는 진정성을 보이지 않은 듯하다. 그렇기에 '없는 사과'이다.

이처럼 『아무렇게나, 쥐똥나무』의 주된 특징이라고 한다면 단연 언어 변주일 것이다. 시에서 언어를 배치하는 방식은 인접성이나 유사성을 따르지 않는다. 뜻밖의 만남이라고 할까. 문장 구성 역시 순식간에 새로운 국면으로 건너뛰는 방식이다. 두더지 잡기 놀이인가 싶었는데 꺾어지는 골목이다. 눈앞의 전경에 취할 틈도 없이 새로운 골목이 펼쳐진다.

누가 내려준 것입니까 여왕이라는 칭호
앞치마를 두르고 카레여왕을 젓습니다

양파는 말이 없고 당근은 길듭니다
브로콜리를 산 채로 집어넣자 양말도 신지 않고 달아납니다
대리석에 얼룩이 남았습니다
무엇으로 지워야 할까요 오늘의 기억은


루마니아산 초록 드레스를 입고
에나멜 붉은 구두를 신습니다
달아난 브로콜리를 잡으러 숲으로 가요
구두 굽은 자라나고
스커트 안으로 모여든 바람에 몸이 날아오릅니다
목주름을 감추려 구름을 두릅니다

「브로콜리 숲으로 가요」 부분


시는 분명 카레를 만들지만 카레가 보이지 않는다. 변주에 변주를 거듭하고 있는 탓이다. '여왕이라는 칭호'는 곧 '카레여왕'으로 변주되지만 '카레여왕'에 집중할 사이도 없이 '브로콜리'의 탈주가 시작된다. 곧이어 '브로콜리'가 남긴 얼룩에서, 지워지지 않는 '기억'으로, '브로콜리'가 달아난 숲으로 시는 숨 가쁘게 내달린다. 이러한 상황은 마치 흰 토끼를 뒤쫓다가 이상한 나라로 떨어지고 마는 앨리스를 보는 듯하다. 몇 가지 다른 점이 있다면, 동화 속 앨리스가 하트 여왕, 미치광이 모자 장수, 보였다 안 보였다 하는 고양이와 마주한 것이 이상한 나라에서의 경험이지만, 화자의 경험인 '카레여왕'을 휘젓고 '브로콜리'의 탈주를 목격하고 '구두 굽이 자라나'고 '구름을' 목에 두르는 행위는 '오늘의 기억', 즉 현실에서 이루어진다는 것이다. 그리고 시에서 변주되고 있는 동화적 상

상력은 새로운 세계를 경험하면서 자신의 가능성을 발견하는 앨리스의 성장과 달리 악몽을 꾸게 만든 과거의 상처와 대면하게 한다. 인용하지 않은 시의 나머지에는 대처법을 알지 못해 초경을 들켜버린 열두 살 화자의 불안을 언급하고 있다. 앨리스는 이상한 나라에서 처형되기 직전에 꿈에서 깨어나면서 위기에서 탈출하지만, 화자는 '흰 체육복'을 '붉게 물'들인 자신의 악몽을 잠재우기 위해서 '초록 드레스를 입'어야 했던 것이다. 이는 악몽 속에서 울고 있는 열두 살 화자에게 '초록 드레스'를 입혀주는 것과 같다. 트라우마를 떨쳐내기 위한 화자만의 위로법이라고 할까. 그러므로 카레 만들기에서 시작된 변주 릴레이는 기억을 역행하는 방법이며, 동화적 상상력은 '기억 소환'이라는 다소 진부할 수 있는 소재를 새롭게 인식하게 만드는 영민한 전략이라고 할 수 있다.

　　동화적 상상력은 박길숙 시인이 즐겨 쓰는 전략 중 하나이다.


　　　　양심의 소리는 어느 쪽에서 날까?
　　　　내가 귀머거리면 어떻게 되는 거지?
　　　　오른발 왼발 발맞추다 박자가 헷갈리면?
　　　　계단은 내 발을 기다려 주지 않는데
　　　　나뭇결대로 얼굴이 깎여 버리면?
　　　　질문에 질문을 더하면 답은 없어


　　　　　　　　　　(중략)


　　　　지미니 크리켓, 모자를 벗어 줄래?
　　　　나는 짧아지는 다리를 가졌다네
　　　　양심도 없이 사랑을 고백하다

당나귀가 되고 말지

실연당한 당나귀는 니코틴 중독자

여우와 고양이에게 속아 목매달아 죽지

죽음은 끝이 아니야

다리는 다시 자라

사랑스러운 통나무 어린이가 되지

나는 죽지 않는 불멸의 옴므

너는 죽지 않는 불멸의 양심


계단도 없이 오르내리는

죽지 않는 아이, 살아 있지도 않은 아이

그래서 난 태어난 적도 없지

「지미니 크리켓」 부분


「브로콜리 숲으로 가요」가 『이상한 나라의 앨리스』의 구조를 차용하긴 했으나 브로콜리 형상에다 상상을 더해 새롭게 창조한 환상 동화 같은 시라면 「지미니 크리켓」은 『피노키오』 속 등장인물들을 그대로 차용한다. 시의 제목이기도 한 '지미니 크리켓'은 피노키오의 조력자이자 양심의 역할이며, '실연한 당나귀'는 마부의 농간 때문에 동물로 변해버린 아이들과 피노키오의 모습이다. 그리고 '여우'와 '고양이'는 익히 알다시피 피노키오를 위험에 빠뜨리는 존재들이지 않은가. 또한 '지미니 크리켓'처럼 시에서 직접 이름을 거론하지는 않지만 '사랑스러운 통나무 어린이'라고 하는 걸 보면 시의 화자 역시 피노키오임을 짐작할 수 있다. 이렇듯 짜임새만으로는 『피노키오』 배경을 그대로 옮겨놓은 듯하다.

화자는 지미니의 말을 듣지 않고 마음 가는 대로 행동하다 위험에 빠지는 동화 속 피노키오처럼 '양심도 없이 사랑을 고백하다/당나귀가 되'거나 '여우와 고양이에게 속아 목매달아 죽'기도 한다. 그런데 피노키오는 거짓말을 하면 코가 길어지는데, 화자는 '짧아지는 다리를 가'졌다는 점에서 시와 동화는 어긋나기 시작한다. 뒤이어 동화 속 피노키오는 나무 인형으로는 죽음을 맞이하지만 사람으로 다시 태어나면서 해피엔딩을 맞이하는 반면, 시에서는 '죽지 않고', '살아 있지도 않은 아이'라서 '태어난 적도 없'는 존재임을 밝히면서 희극도 비극도 아닌 채로 마무리한다. 그렇다면 '지미니 크리켓'과 화자는 어떤 관계일까. '나는 죽지 않는 불멸의 옴므/너는 죽지 않는 불멸의 양심'이라고 한 걸 보면 동화 속 피노키오와 지미니 같은 친구이자 조력의 관계처럼 여겨진다. 여기서 우리가 놓치지 말아야 할 것은 지미니 크리켓이 피노키오의 양심이라는 점이다. 그러니 지미니 크리켓과 화자는 한몸이며, 앞서 설명했듯이 화자는 태어나지도 않은 아이이므로 양심, 즉 지미니 크리켓 역시 없는 상태라고 할 수 있다. 결국 위의 시는 양심의 부재에 대해 피력하고 있다고 여겨진다. 양심을 찾아볼 수 없는 우리 사회의 한 단면을 양심이 없는 피노키오의 모습으로 구체화하고 있는 것이다.

『아무렇게나, 쥐똥나무』의 또 다른 특징은 어린 시절 화자가 주류를 이루고 서술방식 역시 '~요', '~에요' 같은 아이의 어투를 많이 사용한다는 점이다.

　　　나는 바닥부터 알아채는 눈치 빠른 인형
　　　사과 상자를 잘라다 집을 만들어 주세요

　　　　　　　(중략)

사람들은 내 머리부터 감기고 빗질이 안 되는 머리칼에 금방 싫증 내고 말아요

나는 곧 버려질 운명

그건 명찰처럼 달려 있어요

계단도 없이 빠져나가는 사과 궤짝의 폐허

날카로운 이빨을 가진 골목은 내 머리부터 물고 달아날지 몰라요

나한테 무슨 수상한 소리가 나지 않나요?

「상자들」 부분

단추 세 개를 다 채우면 이 시간은 금방 사라질 거예요

어머니 너무 슬퍼 마세요

문밖은 전쟁이에요

안으로 어서 들어가세요

나는 봄을 파는 소녀

군인들은 내 위에 올라선 화르르 봄을 무너뜨리고 있어요

나비가 바덴산 너머 경계에 앉았어요

「검정 블라우스를 입은 소녀」 부분

나는 아프리카의 돌연변이, 태어나면 안 되는 해무

아빠는 나를 너무 사랑해서 아프지 않게 다리를 잘라 준대요

방 안에는 자궁 같은 작은 무덤이 생겼고

나는 이곳에서 흰 공과 검은 빛을 가지고 놀아요

초록의 이정표에는 탄자니아가 있어요

내리막길에서 브레이크를 꼭 밟으세요

한 마리 빛이

언제 날아오를지 모르니까요

「알비노」 부분

위 시들은 모두 같은 어투로 서술되고 있다. 대체로 어린 화자이며, 단정할 수는 없으나 '인형'(「상자들」), '나는 봄을 파는 소녀'(「검정 블라우스를 입은 소녀」), '자궁'(「알비노」) 같은 표현에서 여자아이이지 않을까 유추하게 된다. 마치 여자아이가 조곤조곤 이야기를 전하는 것처럼 서술하고 있어 시의 외형적 분위기는 전반적으로 발랄하다. 그런 분위기는 서술방식이 한몫한다. '~요'나 '~에요'로 종결하고 있어 시를 가볍게 하고 리듬감을 형성하여 잘 읽히게 만든다. 이는 시의 몸무게를 빼는 다이어트 방식이라고 할 수 있다. 위 세 편의 시는 주제 면에서 결코 가볍지 않기 때문이다. 「상자들」은 베이비 박스에 유기된 아기의 시선으로 진행되는 이야기이다. 「검정 블라우스를 입은 소녀」는 베트남 전쟁에서 성폭력을 당한 베트남 소녀와 희생자들의 실태를 다루고 있으며, 「알비노」는 백색증인 알비노의 신체 일부나 시체를 소유하면 부와 명예를 얻을 수 있다는 잘못된 미신에 희생되는 탄자니아 알비노의 비극적인 삶을 조명하고 있다. 그런데 영아 유기, 전쟁, 인권 유린 같은 주제는 무겁고 커서 시로 표현해내기에 부담스러운 면이 없지 않다. 박길숙 시인은 이 같은 부담감을 덜기 위해 소녀 화자의 어법을 차용한 것이리라. 이로써 시는 마치 아이가 몰입하고 있는 하나의 놀이처럼 여겨진다. 유기나 전쟁, 인권 유린의 상황을 특별한 감정 없이 이야기 형식으로 서술함으로써 독자와 시 사이에 객관적인 거리를 확보하는 역할을 한다. 독자가 시의 감정에 유도되지 않고 자발적으로 향유하게 만드는 것이다.

시를 건조하게 만들어 객관적인 거리를 확보하는 방식은 가족을 소재로 한 시에서 특히 두드러진다.

신발장을 열면 그곳은 사막이다

사막을 건너온 마른 우산들

어쩌자고 많은 모래를 쌓아 뒀을까

순식간에 무너지는 사구

마음 약한 부위부터 부러지기 시작했지

사막을 건너온 관계를 펼친다

관계란 용접으로도 때울 수 없는 온도

차라리 모두 부러졌더라면

서로를 정리하기 수월했을 텐데

구부러진 살들이 한꺼번에 펼쳐진다

이것을 회복이라 부르자

패딩을 입고 한강 다리 위에서 뛰어내린 여자가 있다

여자는 살았고 죽음에 대한 벌금을 물었다는 이야기

방수된 관계가 펼쳐진다

시간을 버티는 버섯바위의 마음으로

비가 오지 않는 날 서로를 꺼내 든다

「접속조사 와」 전문

우산은 여섯 개 혹은 여덟 개 정도의 살대를 펼쳐 비를 막는 생활용 소모품이다. 그렇기에 살대가 부러지거나 휘면 우산으로서 제 기능을 하지 못한다. 살대와 살대 사이 간격은 일정하다. 살대 하나마다 일정 면적과 방향을 책임지고 있기에 우산을 펼쳤을 때 원을 이룰 수 있다. 시는 이러한 우산의 구조를 가족 관계와 연결한다. 그러니까 살대와 살대와 살대와 살대와 살대와 살대가 자기 자리에서 제구실을 해야 우산은 우산으로서 기능을 한다. 하나라도 부러지면 쓸모가 없어진다. 가족 역시 어느 한쪽에 문제가 생기면 관계는 흔들린다. 그런데 「접속조사 와」는 흔들림이 야기하는 불안에 집중하는 것이 아니라 흔들림을 버텨내는 마음을 살핀다. '패딩을 입고 한강 다리 위에서 뛰어내린 여자가' '패딩'으로 인해 '살았'고 '죽음에 대한 벌금을 물었다는' 아이러니한 이야기를 통해, 필요 불가분의 관계성을 설파한다. '구부러진 살들'을 '한꺼번에 펼'쳐야 우산은 '방수'의 기능을 수행할 수 있다. 관계란 그런 것이다. 부러지면 '용접으로도 때울 수 없기'에 '회복'이 불가능하다. 그러니 우산살의 역할처럼 너와 그와 내가 함께 제 위치를 받칠 때라야 '시간을 버'틸 수 있다. '순식간에 무너지는 사구'지만 '시간'이 모래를 '버섯바위'로 만든 것처럼 서로를 견딤으로써 관계는 유지된다. 그러나 이는 '방수된 관계'일 뿐이다. 오롯이 상대를 배려하는 견딤이 아니기 때문이다. 이 같은 관계는 가족뿐만 아니라 사회관계 모두를 포괄한다.

지금껏 살폈듯이 『아무렇게나, 쥐똥나무』는 상상력의 무한 확장성을 보여준다. 시에 나타나는 시적 유희는 그저 말장난이 아니다. 거짓은 거짓의 이유가 분명하며, 아이는 아이로서의 목적을 가진다. 동화는 이야기를 이야기 바깥으로 연결하는 고리 역할을 한다. 이 모든 방식은 무거운 주제를 무겁지 않게 만드는 일에 일조한다. 시의 무게를 덜어내는 과정이 녹록지 않았을 것이다. '시를 쓰며 내 뺨을 때렸다/아무리 때려도 속이 후련해지지 않았다'라는 '시인의 말'에서 시인의 고뇌가 얼마나 깊었을지 짐작이 된다. 그래서일까. 그의 첫 시집이 이토록 단단하다. 그러므로 뺨을 아무리 때려도 속이 후련해지지 않았다는 그의 고백은 믿음직스럽다. 그러니 목을 빼고 첫 번째 시집을 기다렸듯이 다시 목을 빼고 그의 두 번째 시집을 기다릴 수밖에.

# 누가 창문이 되는 걸까

강미영, 『브로콜리 마음과 당신의 마음』, 시인동네, 2021.


새벽 4시, 마주 보이는 아파트에 불 켜진 집이 있다. 누가 아픈 것일까, 아니면 고민하는 새벽인가. 불빛은 어둠에 둘러싸여 더욱 외따롭다. 저 불빛 초저녁부터 켜두었거나 이제 막 깨어난 것일 테지만 누군가 깨어 있다는 사실 하나로 그는 그의 현실로부터 분리된다. 오래 보면 볼수록 거기는 여기의 상상이 되며, 이로써 거기와 무관해진다. 거기로부터 촉발된 또 하나의 상상 세계가 지금 여기에 펼쳐진다.

『브로콜리 마음과 당신의 마음』이 보여주는 시 세계 역시 현실의 모습과는 거리가 멀다. 이때 현실적 사고체계를 무너뜨리는 주범은 환상이다.


나의 긴 의자는 임신 중
믿음은 언제나 다른 곳에서 왔다


붉은 잉크가 쏟아지고
환상의 다리를 읽는다


소파 술의 흘림체 쇼파라고 읽는다

(중략)

소파는 쇼파인가

쇼파는 소파인가

무중력의 리듬들
소파 술은 정해지고
육체와 문장은 멀어지다 가까워지며
목이 풀린 뚜껑처럼 사물이 명백해서 슬프다

쇼파에 누워 소파를 쇼파라고 써본다

모든 것이 분명하지 않아
소파는 푹신하다

「비정상적 쇼파」 부분

    '소파는 쇼파인' 것일까. '쇼파는 소파인' 것일까. '소파'와 '쇼파' 중 어느 쪽이 '비정상'인가. 거듭 질문을 해도 화자의 말처럼 '모든 것이 분명하지 않'다. 「비정상적 쇼파」에서 정상은 없다. '긴 의자는 임신 중'이며 '다리'는 '환상' 속에 있다. '소파'로 읽든 '쇼파'로 읽든, '긴 의자'는 의자의 역할에서 벗어나 있다. 소파가 정상이 되려면 임신하지 않은 상태여야 하고 다리를 환상에서 꺼내야 한다. 무엇보다 의자의 역할을 회복해야 한다. 그렇다면 다시 물을 수밖에 없다. 임신 여부로, 다리 유무로 소파를 정상/비정상으로 구분할 수 있는가. 또한 의자 역할의 범주는 어디까지인가. 누가 의자 역할을 정하는가. 질문을 거듭할수록 새로운 질문거리가 생긴다. 그런데 앞서 던졌던 여러 질문은 소파 입증에 있어 폭을 좁혀가는 역할임에도 여전히 소파 이미지는 불투명하다. 왜 그럴까. 시에서 '소파' 혹은 '쇼파'는 누구나 사용하는 의자가 아니라 '나의 긴 의자'이다. 그러니까 화자만의 의자는 화자의 환상이 구현해낸 것이기에 '임신'을 할 수 있고 '쏟아'진 '붉은 잉크'로 '다리'를 만들 수 있다. 그리고 앉는 용도로서의 사물과 문장 속의 글자를 모두 포함한다. 결과적으로 화자의 '긴 의자는' 형체와 무관하며 정상/비정상에 담기지 않는 영역인 것이다. 그럼에도 불구하고 팔걸이가 있는 sofa로만 접근하려 했으니 잡히지 않을밖에. 상상을 넘나드는 이 같은 시작법(詩作法)은 우리의 인식에 균열을 만든다. '소파'와 '쇼파'가 단지 '흘림체'의 다른 글씨체라는 것 외에도 서로 다른 세계일 수도 있음을, 두 글자 사이에는 '분명하지 않'지만 무수한 이야기들이 있음을 인지하게 된다.

> 어느 쪽을 잘라도 나의 분신은 살아 있었다. 마트로시카 인형처럼 나의 모습 안에 또 다른 내가 끊임없이 탄생했다. 팔다리는 지워지고 모난 부분 없는 머리통만 가지고 나무들을 임신했다. 생의 끝을 아는 듯 너무 많은 길을 걸었다. 끝도 없는 노래가 마르지 않고 계속 흘러나왔다. 세상에 없는 푸른 목을 가진 사람들이 모여들었다. 나의 분신들은 누군가 와서 구두를 신지 않는 발목을 베어주기만 기다렸다. 비가 내리고, 유일한 문장들은 모두 어디로 사라진 걸까. 핏물이 흐르지 않도록 저녁밥을 지었다. 낡고 긴 생활이 바람에도 흔들리지 않게 여러 번 헹구어졌다.

「브로콜리」 전문

브로콜리는 식탁에 종종 오르는 초록 잎 무성한 나무형상의 채소를 말한다. 계속 뒤집어도 사이즈만 작아질 뿐 같은 모양인 러시아 전통인형 '마트료시카'처럼, '어느 쪽을 잘라도' 같은 나무형상을 유지한다. 시는 이러한 브로콜리의 외형적 특징을 이용해 자아를 설정한다. '어느 쪽을 잘라도' 내 안의 '또 다른 내가' '탄생'하는, 한 분열된 존재의 지난한 삶을 보여준다. 화자는 자신의 삶이 '너무 많은 길을 걸었'고, '누군가 와서 구두를 신지 않는 발목을 베어주기만 기다'리는 시간이자, '비가 내리고' '핏물이 흐르'는 '낡고 긴 생활'이었음을 토로한다. 이렇듯 시는 삶의 고락(苦樂)을 고백하는 상투적인 주제를 다룬다. 그럼에도 이상하게 상투성이 느껴지지 않는데, 이는 아마도 '브로콜리'를 전면에 내세웠기 때문일 것이다. 시는 브로콜리의 형상을 빌려와 자아를 분신, 즉 페르소나로 만듦으로써 나와 분신 간 객관적 거리를 확보한다. 자아가 직접 경험한 일임에도 타자의 경험인 양 느껴지게 만든다. 여기서 '유일한 문장들'은 그 내용적인 부분은 알 수 없으나 화자를 지탱하게 하는 근원이 아닐까 싶다. 그런데 특이하게도 『브로콜리 마음과 당신의 마음』 시집 전체에 '문장'이라는 시어가 시의 필수조건처럼 포진해 있다.

직유의 숲에서 당신을 만났다


나무를 거꾸로 세워두고
한 문장씩 목을 부러뜨렸다


목 없는 새가 품속으로 날아들었다
「브로콜리 마음과 당신의 마음」 전문


위 시 역시 「비정상적 쇼파」에서 보여주는 상상과 문장 스케치라는 이중 구조로 시를 구축하고 있다. 시의 장소적 배경이 되는 '숲'은 '직유'로서의 표현이며, '거꾸로 세워'둔 '나무' 역시 나열된 문장의 은유적 표현이라고 할 수 있다. 「비정상적 쇼파」에서 '쏟아'졌던 '붉은 잉크'가 여전히 제 역할을 하는 것이다. 무슨 이유인지 드러나지 않지만 '당신을 만'난 화자가 '나무''문장'의 '목을 부러뜨'린다. 여기서 '한 문장씩 목을 부러뜨'리는 화자의 행위는 '당신'을 위해 썼던 문장들을 지우는 일과 다를 바 없어 보인다. 시 제목에서 언급하고 있는 '당신의 마음'을 읽어내지 못했거나 가닿지 못한 문장들일 것이다. 그러나 화자는 '당신'을 모두 지우지 못한다. 상상 속에서 '목 없는 새' 형상으로 다시 불러들이고 있으니 말이다.

시에서 환상이 작동되는 이유는 화자가 '당신'을 놓지 못하거나, '당신'의 부재를 감당할 수 없기 때문이다. 여기서 시 제목에만 언급하고 있는 '브로콜리'는 앞서 살핀 「브로콜리」에서의 분신하는 자아이다. 그러니까 '브로콜리 마음'은 당신의 마음에 가닿지 못하고 있는 화자의 마음이며, '당신의 마음'에 가닿지 못하는 이유는 '당신의 마음'도, '당신'을 향한 '브로콜리 마음'도 하나가 아니기 때문이다. 나라는 자아는 끊임없이 탄생하는 '분신' 중 하나일 뿐이다. 오늘의 '브로콜리 마음'은 '당신'을 지웠으나, 또 다른 '분신'은 '당신'을 '새'의 형상으로 불러들이고 있다. 마음을 잘라내도 여전히 마음은 남아 있기에 '브로콜리'일 수밖에 없는 것이다.

'당신'은 강미영 시에 자주 호명되는 시적 대상이다. '울창한 숲과 나무들의 자웅동체/나무의 나무가 반복되는 숲 가장자리에서/炳처럼 당신을 묶는다'라고 짧게 정리한 시인의 말에도 언급하고 있을 정도로 반복적으로 등장한다. 더구나 '병(炳)처럼 당신을 묶는다'니 『브로콜리 마음과 당신의 마음』시집 자체가 '당신'이라고 해도 무방할 듯하다. 이제부터 빛으로 비유할 정도로 눈부신 '당신'을 위한 문장들의 '목을 부르뜨'려야 하는 연유를 살펴보자.

달팽이 의자는
선택의 여지없이 예민해지지

의자에 알맞은 모양의 당근을 다듬는다
카레에 당근이 어울리는 이유를
당신은 알고 있을까
그 비밀에 대해 말하지 않고

새벽에 카레를 먹으면 참 쓸쓸해진다
카레는 겨울이 어울리는 모자인걸,

　　　　　　　　　　(중략)

좋아하지도 않는
이 많은 카레를 어쩌나,
도대체 카레를 왜 만들었을까,
몇 년을 연결해도 주문해보지도 않던
이 기특한 카레를!
새벽에 혼자 먹는다

흰 커피 잔에 카레를 담아
설명하지 않고 사흘째 지운다

거룩한 방식으로

당신을 먼 곳에 버려두고

「기특한 카레」 부분

'당신'을 불러오기 위해서는 '달팽이 의자'와 '의자에 알맞은 모양의 당근'과 '카레'의 '기특함'과 '모자'의 연관성부터 짚어야 한다. 일단 '카레와 당근'은 카레 재료라는 점에서 수긍이 간다. 그 외 '의자와 당근', '기특함과 카레', '카레와 모자' 조합은 고개를 갸우뚱하게 만든다. '의자와 모자'처럼 짝을 바꿔 조합해도 쉽게 납득할 수 없다. 「기특한 카레」는 이렇게 조합되지 않는 문장을 군데군데 배치한 탓에 시의 흐름이 끊긴다. 카레를 먹고는 있으나 수저질을 멈추게 되는 상황이라고 할까. 이러한 현상은 시에서 언급하고 있듯이 '좋아하지도 않는' 카레이기 때문일 것이다.

그렇다면 화자는 '좋아하지도 않는' 카레를, 그것도 왜 새벽에 먹을까. 이는 '당신'을 떠올리는 화자만의 방식이다. 앞서 나열하였던 조합에 '당신'을 개입시켜보자. 당신이 즐겨 앉던 '달팽이 의자'라면, 당신은 모자를 즐겨 썼고 카레를 먹을 때조차 모자를 쓰고 있었다면, 당신이 카레를 좋아했다면, 눈앞의 카레는 당근이 들어간 흔한 카레가 아니라 당신에 대한 '매듭이 풀리고 모든 것이 한 덩어리로 읽히'게 만드는 '기특한 카레'가 된다. '거룩한 방식으로/ 당신을 먼 곳에 버려두'었다는 걸 보면 아마도 '당신'은 유명을 달리한 것으로 보인다. 결국 화자가 카레를 꾸역꾸역 먹는 이유는 '당신'을 '먼 곳'으로 떠나보냈기 때문이며 '흰 커피 잔에 카레를 담아/설명하지 않고 사흘째 지'워 보지만 당신을 잊지 못하기 때문이다.

심장에 비석을 세우고

노란 카레를 만든다

말랑한 살점을 가지런히 썰면서

또 무슨 골목을 생각한 것일까

오늘은 기념일

절대 기억하면 안 되는

당신의 생활을 저버릴 수 없는 날


눈은 오지 않았지만

오래전 그날은 굽이굽이 카레가 흩날렸지


기념일과 카레는 전혀 다른 손가락

비대칭의 거리에서

출구를 찾아오는


오래전 그날처럼

흩날리던 카레는 찌그러진 모자에 포장된 채

골목의 골목으로 배달되고


그림자가 역광으로 서 있는

당신의 발자국은 뭉쳐지지 않는다

「기념일」 전문


위 시는 카레 연작시라고 해도 무방할 정도로 「기특한 카레」와 소
재가 겹친다. 다만 「기특한 카레」에서는 화자가 카레를 먹는 것으로 지

워지지 않는 '당신'을 기어코 지우려고 했다면 이 시에서는 '노란 카레'
를 만드는 것으로 '당신'을 떠올리려고 하고 있다. '당신'은 이미 '비석'
으로 세워진 존재이다. '기념일'이 무엇을 기념하는 날인지에 대해, 직접
진술이 아니라 '절대 기억하면 안 되는/당신의 생활을 저버릴 수 없는
날'이라는 역설적 표현을 쓴 걸 보면 화자의 의식에 강렬하게 각인된 어
떤 날로 짐작된다. 어쩌면 '당신'을 영원히 잃어버린 날이지 않을까. 어
쨌든 화자는 그날의 이미지를 '눈'도 '오지 않았'는데 '굽이굽이 카레가
흩날렸'던 것으로 기억한다. 「기특한 카레」에서처럼 카레는 '당신'을 향
한 화자의 감정이 개입된 객관적 상관물이기에 흩날리는 카레 이미지는
'당신'이 흩날리는 것과 같다. 그렇게 '당신'을 떠나보낸 것이리라. 그로
부터 흩날리는 이미지는 좀처럼 사라지지 않고 '찌그러진 모자' 이미지
와 함께 화자에게 '배달'되곤 한다. 이를 통해 「기특한 카레」에서 이야기
하던 '카레는 겨울이 어울리는 모자'라는 문장을 헤아리게 된다. 그러나
화자에게 '당신'은 앞서도 얘기했듯이 '흩날리'는 이미지이므로 온전히
복원할 수 없다. 그것이 아무리 '노란 카레'를 저어도 '당신의 발자국'이
'뭉쳐지지 않는' 이유이다. 지우려는 것도 복원하려는 것도 '당신'을 향
한 그리움에서 기인한 행위라는 점에서 감정에 함몰될 위험이 있다. 이
때 환상은 감정의 영향권에서 벗어날 수 있는 현명한 비책이 된다. 강미
영의 시를 반복해서 읽어야만 어떤 감정과 만나게 되는 것도 그런 이유
일 것이다.

　한편으로는, 강미영 시인이 호명하고 있는 '당신'을 미완의 문장으
로도 해석할 수 있다. 앞서 살핀 여러 시의 시작법이 '환상'을 전면에 배
치하고 '문장'을 스케치하는 방식을 차용하고있다고 했는데, '당신'은,

환상 속에서는 그리움의 대상이지만 만나지 못한다는 측면에서는 갈망하는 문장이다.

> 숲이 먼 길이라도
> 시가 먼 집이라도
> 나무와 문장 사이를 잴 수 있다면
>
> 거룩한 나무에서 떨어지는 마침표와
> 작은 꽃잎들
>
> 내 몸에서 번식하는 꽃을 접시에 담는다
> 음악이 들리지 않을 때까지
>
> 「브로콜리와 함께」 부분

시를 쓰는 일은 '나무가' 되는 것이다. 시를 쓰는 일은 '거룩한 나무'가 되는 것이다. 시를 쓰는 일은 '거룩한 나무'에서 꽃을 떨어뜨리는 행위이다. '나무와 문장 사이를 잴 수 있다면' 시는 탄생할 수 있다. 이로써 강미영의 시에 '브로콜리'가 반복해서 등장하는 이유가 밝혀진다. 나무의 나무로 다시 나무로, 끊임없이 나무의 자세를 유지해야 '먼 길'이자 '먼 집'인 시에게로 갈 수 있다. 그러나 '브로콜리'는 처음부터 나무가 아니었을 뿐만 아니라 여전히 나무일 수 없다. 그것을 모를 리 없을 시인이 '브로콜리'를 고집하는 이유는 그것이 나무가 아니기 때문이다. 이미 나무가 아니기에 나무를 넘어설 수 있다. 아래 질문이 그것에 대한 신념을 보여준다. 누가 '누가'를 차지할까.

창문 없는 사각의 방에선

누가 창문이 되는 걸까

「어느 날의 근육」 부분

3부

/

# 주체 없애기

# 정밀하게 아웃

권정일, 『어디에 화요일을 끼워 넣지?』, 파란, 2018.

우리는 매일 오늘을 체험한다. 오늘은 한 인간의 탄생에서 죽음까지의 구성물이며, 죽음 그 마지막 순간조차 누구든 예외 없이 겪는 현재성이다. 눈을 깜빡거릴 때마다 감지되는 명암이거나 눈물이 차오를 때 함께 치솟는 손목의 맥박이면서 다리를 꼬며 오줌을 참는 초를 다투는 자세로, 몸의 현상이자 감각의 물성이라 할 수 있다. 그러니까 오늘은 돌이킬 수 없는 지금의 일이며 '바로'라는 직관의 시간 또는 사태로서 인간 삶을 구성하는 세포인 셈이다. 권정일의 시는 그 세포를 들여다보는 일에 열중한다.

고만고만한 행복과 나름나름 불행한 베스트셀러의 첫 문장으로 시작한다

원칙대로
육하원칙은 약간씩 모습을 바꾼다 매일매일

(중략)

(절정에서 그가 죽자 그가 태어났다) 곧이어 (은행이 망했다)
(구성원 중 자살을 시도했다) (불행이 야행했다) 불과 어제의 어제
일이다
행복할 일이

적정 온도에서 상한다면 오늘은 어느 귀퉁이에서 부패해야 할까


문을 닫으러 가는 사이
창문은 조금씩 다른 불빛의 안을 가지고 있다 자르고 붙이고 나누
고 있다 커피콩 같은 커튼콜 같은
아침을 위하여


어디서부터 보여 주는 걸 시작하지
멸종 위기에 처한 동물원에 기증된 스리랑카코끼리를 보여 줄까
코믹하게 빚어 놓은 정원의 토우 웃음을 보여 줘야겠지


희극과 비극 양념들의 장르는 가정식이라고 잠시 입을 벌리고


자고 일어났는데 또 아침이다 의식주는 번창한다

「단편소설」 부분


　시에서 화자는 단편소설을 쓰고 있다. '행복과 불행'은 소설의 중요
키워드로 시에서는 행, 불행이 어떤 모습으로 있는지에 대해 구체적으
로 언급한다. 화자의 소설은 '원칙에서/육하원칙은 약간씩 모습을 바꾸'
면서, '창문 안의 조금씩 다른 불빛'으로 '자르고 나누고 붙'는 방식으로
주제를 드러낸다. 또한 화자는 행복과 불행을 '멸종 위기에 처한 동물원
에 기증된 스리랑카코끼리'의 모습으로, 혹은 '코믹하게 빚어 놓은 정원
의 토우 웃음' 정도로 구분 지으려 한다. 그러나 이러한 구체성에도 불구
하고 행, 불행은 선명하게 와닿지 않는다. 행복은 '고만고만'하고 불행은
'나름나름'으로 제각각이기 때문이다. 이는 '단편소설'이 가진 중요한 특

징이다. '매일매일' 일어나지만 감지하기 쉽지 않은 행복과 불행을 이야기하는 장르가 바로 단편소설인 것이다. 그러므로 '어떤 말로도 말하지 않는 어떤 기록을 해야만' 하는 화자의 입장이 난감해진다. 화자가 이행하고자 하는 어떤 말로도 말하지 않는 기록은 은행이 망하고 누군가 죽고 다시 죽고 불행이 야행하는 스펙터클 사건을 말하는 것 같지만 정작 반전은 '자고 일어났는데 또다시 아침'인 점이다. 거대한 불행을 지나왔다고 생각했는데 다시 잠재적 불행이 농후한 아침을 맞이한 것이다. 시는 결국 망하고 죽고 불행이 야행하는 날들을 다시 맞이할 수 있다는 점에서 비극이며 그럼에도 불구하고 다시 아침을 맞이한다는 점에서 희극이기도 하다. 이는 화자가 쓰고 있는 단편소설의 내러티브이기도 하지만 화자가 몸담은 세계의 모습이기도 해서, '매일매일' '고만고만'한 행복과 '나름나름'의 불행으로 새로운 이야기를 양산해내고 있는 우리 역시 시의 화자처럼 소설을 쓰고 있는 것인지도 모른다.

어디에 화요일을 끼워 넣지?

광장에
영화관에
국기에 대한 맹세에

피와 살과 손톱을 가진 말할 수 있는 화요일 들끓어서 충돌하는 화요일 팔다리를 휘젓는 화요일 비가 오지 않아도 화요일

어느 틈에 끼워 넣지?

사월에 눈이 오거나 신발 속 발가락이 젖어도 좋아 정오 밖으로 긍

긍, 긍긍


누구도 방문하지 않는 화요일을 떠내

밀고 싶은


화요일을 화수분처럼 꺼내 드는 사람

「리셋」 전문


「단편소설」에서 보여주었던 권정일 시인의 일상성에 대한 사유는 「리셋」에서도 발현된다. 「리셋」은 「단편소설」에서 언급한 '매일매일'을 '화요일'로 압축하고 있다. 화요일은 일주일에 딱 한 번 누구든지 맞이하는 요일이다. '나름나름'처럼 그 모습이 다를 뿐 화요일은 반복적으로 온다. 그러나 화자에게는 '누구도 방문하지 않'는 요일이라서 '말할 수 있'거나 '들끓어서 충돌'하거나 '팔다리를 휘젓'거나 '비가 오지 않'는 다양하고 변화무쌍한 화요일로 리셋하려 한다. 더해서 월요일과 수요일 사이 고정된 요일에서 '광장', '영화관', '국기에 대한 맹세에' 끼워 넣거나 '정오 밖으로 떠내/밀고 싶'다고 노골적으로 말한다. 요일에서 벗어나려는 일탈을 꿈꾼다.

　　필자가 권정일 시인을 알게 된 것은 오래된 신문 기사를 통해서였다. 부산 문학사를 통사로 살필 기회가 있어 부산에서 발행되는 신문을 뒤지던 중 권정일 시인이 네 번째 시집인 『어디에 화요일을 끼워 넣지』로 제39회 이주홍문학상 수상자로 선정되었다는 기사를 읽게 되었는데 시집 제목이 눈길을 사로잡았다. 화요일이라는 시간적 규칙성을 무너뜨

리는 발칙한 발상이 신선했다. 인터넷으로 책을 주문했으나 배송 문제로 도착 예정일이 지연되었는데 시제가 주는 기대치 때문인지 지연이 길어질수록 조급증이 증폭되었다. 오랜만에 느껴보는 경험이었다. 뒤늦게 도착한 선홍색 시집은 기대를 저버리지 않았다. 요일을 무너뜨리고 순서를 흐트러뜨리고 균형을 밀어내고 중심에서 멀었다.

곧이어 열었던 구석을 닫았고

구석을 닫았으니까 구석은 다시 구석의 위치에서 코너로 몰리지 않았고

너를 잘못한 등을 가진 너였고 필요 이상을 쪼그리고 더욱 너답게 마무리하는 구석이었고

무릎과 무릎 사이에 얼굴을 묻기 직전 얼굴과 무릎 사이는 텅 비었고 무릎과 텅 빈 무릎 사이에 얼굴을 묻은 공이었고

둥글었고

거울 속에서 구석은 꼭 닫혀 있었고 거울 속에서 흑흑 울음이 새어나왔고 거울 속에서 둥근 어린아이가 흘러나왔고

구석이 오른쪽으로 잠을 구겼고 거울은 필연적으로 왼쪽이 되었고

펴지지 않는 잠이었고 잠버릇에게 미안해 구석은 잠을 조금 더 구

겼고 거울에게 구석은 네 개의 베이스를 가지고 놀 수 있는 운동장이
었고

　　거울은 구석의 야구 모자였고
　　구석은 거울의 구원 투수였고

　　구석이 죽고 있으면 매일 죽고 있었고 거울은 아침마다 지겹게 태
어났고 어려졌고 수북해졌고

　　곧이어 닫았던 구석을 꼭 열었고

「거울이 있는 구석의 세계」 전문

　거울을 통해 바라보는 시선은 직시가 아닌 반사다. 거울에 비치는
세계 또한 '필연적으로' 반대편이다. 원본이 아니다. 그렇다면 시인은 왜
거울을 통해 구석을 말하고 있는 것일까? 「거울이 있는 구석의 세계」에
서 이야기되고 있는 '구석'은 장소로서의 '구석'이라기 보다는 '너'를 지
칭하는 것으로 보인다. 시에서 너는 '너를 잘못한 등을 가진 너였고 필요
이상을 쪼그리고 더욱 너답게 마무리하는 구석이었'던 인물이다. 여기서
문장의 주어 자리에 놓인 '너를'에서 조사 '를'이 '는'의 인쇄 시 오타가
아니라 시인의 의도라면 '너를 잘못한 등을'에 대한 해석이 모호해진다.
시의 흐름과 연결하면 인용문은 무릎과 무릎 사이에 얼굴을 묻고 공처
럼 둥글게 몸을 만들어 울고 있는 모습을 형상화한 것으로 해석할 수 있
다. 여기서 '너를 잘못한 등을'에서 '잘못한'의 주체를 '너'로 상정한다면
'너를 잘못한'다는 것은 너라는 존재의 존재성을 유지하거나 부각하지
못한다는 의미로 읽을 수 있다. 그러니까 너는 '너' 자신을 스스로 잘 살

피지 못하는 사람인 것이다. 반면에 '잘못한'의 주체가 '등'이라면 이때의 잘못은 그릇됨, 틀림 등의 죄의 뉘앙스를 가지는 것으로, 여기서 '등'은 잘못에 대한 상징으로 작용한다. 잘못을 한 등은 결국 '너'를 나타내며 너는 무언가 잘못한 것에 대해 자책하며 무릎에 얼굴을 묻고 공처럼 둥글어져 울고 있는 것으로 해석할 수 있다. 결과적으로 '너'라는 존재는 '너' 자신이 아니라 바깥에 의해 주체적인 삶을 유희하지 못했을 수도 있다는 여지를 남긴다. 이렇듯 조사 '를'이 파생시키는 의미의 다양성으로 인해 시는 단지 거울에 비치는 반사적 의미를 넘어선다.

　시에서 '구석'은 「리셋」의 '누구도 방문하지 않는 요일'로서의 구석이다. 거울에 비친 '구석' 즉 '너'는 유년 시절부터 구석으로 존재해 왔다. '너'는 거울이 있는 방안에서 야구 놀이를 했으며 같은 공간에서 잠이 들었다. 이러한 모습들은 매일 거울에 비쳤고 '구석이 죽고 있으면' 거울 역시 '매일 죽고 있었'다. 결국 '구석'이 구석을 열어젖히는 것을 목격한 것은 거울뿐이다. '너'는 유일하게 거울에 비친 자신을 대면하는 생활을 이어온 것이다. 「거울이 있는 구석의 세계」는 한 존재의 매일매일의 고독이 고스란히 느껴지는 시로서, 이때의 '너'의 고독은 「리셋」에서 '누구도 방문하지 않는 요일'을 리셋하고 싶어 하는 화자의 심경과 닮았다. 권정일 시인은 위의 시를 통해 '리셋'해야 하는 이유를 밝힌다. 그러나 시인의 '리셋' 방향은 새로운 정렬이 아니라 정렬의 자리를 자각하는 데 있다. 더해서 오른쪽으로 도는 시계의 한결같은 방향성과 속도감에 갇힌 자신을 발견하는 데 있다. '어딘가 속해 있는 나와 벗어나 있는 나를 구별하지 못'(「시계가 시계 방향으로 도는 건 시간이 선택한 일이기도 하다」) 하는 존재임을 깨닫게 되는 것이다. 자각은 반대편으로 몸을 움직이는 실천으로 이어진다.

뿌리를 잘라야 했어요 물바람이 들었나 봐요


—미소만 지어 보이고 뿌리가 깊은 허공에 닿을 때까지 시선을 거
두지 그랬어요


탁자에 놓인 유리컵 따위처럼 말이죠


하지만
바닥에서 산산조각 나는 유리컵이 날카로운 비명이 되었을 때 유
리로 된 컵의 존재를 눈치챘어요


유리컵과 유리
물컵과 물


사이


생각은 하루하루 시드는데 아무런 도움이 되지 못했어요
케이지에 감금한
강아지를 꺼내자
산세비에리아가 목마르게 웃고 있었어요

「웃음 하나가 줄어드는 것을 두고 볼 수 없었어요」 전문


시는 자각에서 움직임까지 나아가는 모습을 보여준다. 시의 소재인
'산세비에리아'는 다육과 식물이라 과습에 주의해야 한다. 물관리를 잘
못하면 뿌리가 썩고 잎이 물러지기 쉽다. 시에서 '물바람이 들었나 봐요'

라는 걸 보면 화자 역시 과습에 실패한 것으로 보인다. 이는 산세비에리아의 특성을 면밀하게 살피지 못한 탓일 것이다. 화자는 산세비에리아 뿌리가 썩는 것을 인지하지 못하고 있었던 것 같다. 산세비에리아의 또 다른 특징은 뿌리가 완전히 썩을 때까지 줄기에서는 별다른 변화를 보이지 않는다는 것인데, 그로 인해 '탁자 위에 놓인 유리컵'이 바닥에 떨어져 깨어지는 순간 유리로 된 컵임을 인지한 것처럼, 화자는 썩은 뿌리를 잘라내고 나서야 산세비에리아에 물바람이 들었다는 의식을 갖게 된다. 이러한 발견을 '케이지에 감금한/강아지를 꺼내'는 행위와 연결하는데, 그의 행위는 유리컵을 '유리컵'으로만 받아들이는 습관적 인식의 케이지에서 자신을 꺼내는 일이기도 하다. 우리(cage)에서 벗어나는 일은 익숙함에서 벗어나는 일이며, 익숙함에서 벗어날 때 비로소 '산세비에리아가 목마르게 웃고 있'는 것을 알아차릴 수 있다. 이는 또한 '우리들'이라는 내 편을 아웃시키는 일이기도 하다.

여기서부터 혼자입니다
여기서부터 혼자라고 지금부터는
여기서부터 혼자라고 생각하시고
여기서부터 혼자라고 절대 생각하시고
여기서부터 혼자를 더욱더 확실히 해 주십시오
여기서부터 혼자를 절대 잊지 마십시오
여기서부터 진짜 혼자입니다
여기서부터 진짜 혼자라고 언뜻 보기에
여기서부터 진짜 혼자일 것 같지만
여기서부터 진짜 혼자입니다

여기서부터 나는 혼자의 대상입니다

「당신은 꽃등잔 들고 저녁 길을 마중 나가고」 전문

위 시는 총 2연 11행으로 구성된 짧은 시로 행마다 같은 말의 반복
이다. 시를 한 문장으로 압축하면 '여기서부터' '혼자'라는 것. 혼자라는
사실은 1~2연 모두에서, 모든 행에서 강조된다. 마치 혼자라는 사실을
믿지 않는 누군가를 설득하듯이 반복을 반복한다. 1연의 6행부터는 '진
짜'라는 부사를 써서 믿음에 대한 힘을 더한다. 이는 제목에 등장하는
'꽃등잔 들고 저녁 길을 마중 나가'는 '너'에게 하는 말이 아닐까 싶은데,
2연의 '여기서부터 나는 혼자의 대상입니다'와 연결하면 혼자인 '너'는
'나'의 대상이다. 그러니까 시 속에 혼자인 '너'와 너는 혼자라는 것을 강
조하는 '혼자의 대상'인 '나', 이렇게 두 사람이 있다는 말이다. 그렇다면
'우리'라는 단어로 묶을 수 있는 조합임에도 '혼자'라는 단어를 남발하는
이유가 무얼까? '너'라는 대상을 제목에만 언급한 이유는 또 뭘까? 혼자
라는 사실을 강박적으로 반복하여 얻을 수 있는 것은 '여기서부터 진짜
혼자'라는 사실이다. 결국 화자는 혼자라는 것을 자각하고 선언하는 과
정을 시를 통해서 구현하고 있으며, 다짐을 다지기 위해 나를 나로부터
분리한 것이지 않을까.

'여기서부터'도 '혼자'라는 단어와 함께 시에서 반복해서 언급된다.
이때의 '여기'는 장소나 시간을 모두 포괄한다. '자고 일어났는데 또 아
침'(「단편소설」)일 수도 있고 '누구도 방문하지 않는 화요일'(「리셋」)일 수
도 있고, 거울이 '닫았던 구석을 꼭 열었던'(「거울이 있는 구석의 세계」) 그날
일 수도 있다. '탁자 위에 놓인 유리컵'이 깨어지는 순간이거나 '케이지
에 감금한/강아지를 꺼내자/산세비에리아가 목마르게 웃고 있었던' 그

곳일 수도 있다. 중요한 것은 '혼자'의 시작이 '여기서부터'라는 점이다. 혼자라고 선언하지 않으면 여전히 여느 아침과 다르지 않은 아침을 맞이할 것이며, 늘 돌아오는 화요일을 무감하게 맞이할 것이다. 화자는 이제 탁자 위에 놓인 유리컵이 떨어지는 우연의 순간까지 기다리지 않고 '케이지에 감금한/강아지를 꺼내'는 '여기서부터' 혼자가 되기로 선언한다. 여기서 혼자가 되는 일은 '꽃등잔 들고 저녁 길을 마중나가'는 것을 말한다. 오로지 꽃이 내뿜는 자연의 빛으로 저녁 길의 어둠과 마주하겠다는 자세는 권정일 시인의 시에 대한 고집이기도 하다. 그의 문장처럼 비록 '도모하며 떠나는 일은 춥지'(「미량의 기억들은 눈빛 맑아지는 데 쓰이겠지」)만 시인은 망설이지 않고 선언한다. '나는 훌륭하게 헛되겠습니다'(「먼지 한 점」)라고.

　　그의 헛된 선언을 듣기 위해 지금껏 시인의 손바닥에 손바닥을 맞댔다. 헛됨은 무더위를 견디게 하는 추위 같은 것. 그의 다섯 번째 선언을 너무 오래 기다리지 않았으면 좋겠다.

# 내가 되지 않게 내가 되고 있는

석민재, 『엄마는 나를 또 낳았다』, 파란, 2019.

'나'는 뭘까? 누구의 점령지일까? 참으로 거대한 물음이다. 자기 자신에 대해 궁금하지 않은 사람이 있을까. 필자 역시 시를 쓰기 전부터 잡고 있던 화두이기도 하다. 거울에 비친 '나(我)'는 몇 개의 뼛조각에 납빛 거죽을 씌운 부실한 사람형상을 하고 있다. 거리를 두고 자리를 잡은 눈 코입과 입을 벌리면 혓바닥과 혓바닥 안쪽에 낀 백태를 볼 수 있다. 혀를 쭉 내밀고 앞니로 백태를 긁는다. 긁을 수 있는 데까지 최대한 혀를 내밀다 보면 침이 혀끝에 맺히기도 한다. 목을 타고 내려오면 양쪽 쇄골이 만나는 지점에 움푹 들어간 곳이 있다. 일명 급소로 불린다. 꾹 누르면 잔기침을 만들 수 있다. 그러니까 거울에 비친 '나'는 여기저기 까뒤집고 누르고 비틀고 당기면서 시간을 보낼 수 있는 제법 흥미로운 놀이터인 것이다. 그런데 거울을 치우면 '나'는 감쪽같이 없는 사람이다. 조금 전까지 있던 얼굴이며 쇄골이며 여러 갈래의 숨길이 보이지 않는다. 웃음소리는 들리지만 웃음을 찾을 길 없다. 손등에 눈물이 묻어나지만 우는 '나'는 없다. 결국 '나'는 내가 내 얼굴을 직접 볼 수 없다는 점에서 어스름 저녁 강 건너편이며 잎 넓은 나무 속이다. 도무지 알 수 없다. 그렇기에 시에서 표현되는 '나'는 분열증을 앓는 병자다.

　　비는 왼손잡이입니다

　　왼손잡이 자살하는 법, 매뉴얼을 보면서

방아쇠는 왼쪽 엄지발가락에 걸고


랄, 랄, 랄 눈 대신 비만 오는데
비 맞은 산타클로스는 어디로 갔을까


비는 흰색입니다


저기 젖은 흰색 봉투는 버려진 곰이거나
총 맞은 쓰레기봉투거나


타지 않는 쓰레기로 하얗게 분리된 내가
푹푹 썩어 가는 중입니다


비는 비틀거리지 않습니다


한 병은 모자라고
두 병은 남고

「비의 기분」 전문


　　시에서 '비'는 '나'를 대신한다. '비의 기분'이라는 제목에서도 느껴지듯이 '자아'의 불투명성을 '비'라는 구체적 형상물로 대체하고 있다. 시는 '비'가 내리는 풍경 속에서 자살을 준비하는 화자의 모습을 끼워 넣고 있다. 비는 '비틀거리지 않'는다. 거침없이 내린다. '왼손잡이 자살하는 법, 매뉴얼'을 보고 있는 화자에게 수직으로 떨어지는 '비'는 주저 없이 방아쇠를 당기는 형국으로, 끊임없이 총알이 쏟아지는 것과 다르지 않다. 그것이 '비'가 '왼손잡이'인 이유이다. 그런데 '비'가 당긴 방아쇠는 다른 죽음을 양산한다. '산타클로스'를 적시고 '버려진 곰'을 적시고 '쓰레기봉투'를 적신다. 산타클로스는 새하얀 눈을 맞으며 희망의 전령으로 나타나야 하지만, '비'를 맞음으로써(저격을 당함) '어디로 갔'는지 알 수 없게 된다. '버려진 곰' 역시 '버려진'데다가 비까지 맞았으니 누군가에게 사랑받는 인형으로 회복될 수 없는 상태라고 볼 수 있다. 쓰레기봉투 역시 비에 젖어버렸으니 태울 수도 없는 성가신 상황이다. 몽땅 젖어버린 쓰레기봉투에는 (주검 상태인) 화자가 담겨있다. '왼손잡이'인 '비'가 저격한 쓰레기봉투 속에서 그 자신은 '하얗게 썩어 가는 중'이다. 비에 저격당한 '산타클로스', '버려진 곰', '쓰레기봉투'는 어쩌면 화자가 자살을 염두에 두게 한 원인일 수도 있다. 쓸모를 찾기 어려운 자신의 모습을 날려버리고 싶은 마음이랄까. 마침 비가 오는 날, 술을 두어 병쯤 마시며 버려진 것들을 향해 방아쇠를 당기는 '비의 기분'으로 자신을 죽이고 있는 것이다.

　　화자가 화자 자신을 죽일 수밖에 없는 이유는 '타지 않는 쓰레기로 분리'되었기 때문으로 여겨진다. 『엄마는 나를 또 낳았다』의 몇몇 시편에서는 구분이나 분류 등에서 드러나는 예민한 반응 역시 같은 이유 때문일 것이다.

　　　　이건 빨강 네가 아무리 우겨도 빨강


　　　　　　　　(중략)


　　　　오렌지 같아도 바나나 같아도 이건 빨강

지금 이게 빨강이라고요?

네 얼굴이 아무리 붉으락푸르락 해도 이건 빨강

나는 빨강이 싫어요! 그래도 너는 빨강

나는 공산당이 싫어요! 그래도 너는 빨강

노랗게 생리통이 와도

청바지에 검은색으로 슬쩍 비쳐도

나는 여자가 싫어요!

그래도 너는 빨강

이건 빨강, 정말 빨강!

「계통」 부분

    위 시는 한 존재를 규정함으로써 그 존재를 획일화시켜 버린다. '빨강이 싫어요'를 외쳤으나 '빨강'만 남게 되고, '여자가 싫어요'를 외쳤는데 '여자'로 구속된다. 거부할수록 도드라지는 현상 때문에 시를 읽은 뒤에도 그 잔영이 오래 남는다. 절대불변의 원리처럼 빨강이 되어야 하고 여자가 되어야 하고 공산당이 되어야 한다. '빨강'으로 불리면 '빨강'이라는 프레임 속에 갇히게 된다. 여자의 행동이나 말투, 자세는 '여자로

서' 갖출 덕목 또는 예절이라는 이름으로 제한된다. '생리'와 관련해서는 남의 눈에 띄지 않고 은밀하게 처리되어야 하며, 생리통이나 생리혈은 절대 들켜서는 안 되는 수치스러운 것으로, 그것이 이 사회 제도가 요구하는 미덕을 실천하는 길이다. 네팔에는 '차우파디(Chhaupadi)'라고 하여 월경하는 여성을 부정하다고 여겨 월경 기간에 외딴 움막 등에 격리시키는 풍습이 남아있다고 한다. 이런 '덕목'으로 위장한 인권 유린을 막기 위해 여성단체를 중심으로 한 여러 활동이 일어나고 있다. 케냐의 상원의원인 글로리아 오워바는 2023년 3월 '월경권 보장' 법안 마련을 위해 흰바지에 생리혈처럼 보이는 붉은 액체를 묻혀 의회에 출석하는 퍼포먼스를 벌였다. 비록 복장 불량으로 의회 출입을 거부당했지만 그가 그런 행위를 한 계기는 2019년 케냐에서 일어난 14세 소녀의 자살 때문이었다. 당시 교사가 첫 월경을 하고 있던 14세 소녀의 교복에 묻은 혈흔을 보고 더럽다며 교실에서 쫓아냈고, 이에 수치심을 느낀 소녀는 극단적인 선택을 하였다고 한다.

인간 규정의 맨 처음이 성별을 나누는 것이라면 그다음은 이름을 부여받는 일일 것이다.

나를 그려 놓고 이름을 부여받을 때까지 '0'이라 한다 공포의 눈이 나를 뚫어지게 베어 무는 일은 이제 살짝 윙크하는 것만큼이나 익숙하다 나는 아버지의 원숭이 아버지는 나를 잔나비라고 불렀고 나비처럼 밤마다 표본 핀을 꽂았다

「내 이름에 침을 뱉었다」 부분

'나'는 이름을 부여받기 전에는 '0'이었다. 무엇이 될지 알 수 없는

'무형'상태, 즉 가능성으로 꽉 차 있는 상태였다. 그런데 아버지로부터 '잔나비'로 불리면서부터 '나는 아버지의 원숭이'로 살게 된다. 나는 호명 당하는 순간 종속된 존재가 된다. 아버지라는 '표본 핀'에 꽂힌 원숭이로, 아버지의 유희 거리로 전락한다. 이때 아버지의 자리는 사회일 수도 있고 국가일 수도 있고 생물학적 아버지일 수도 있으며, '0'의 가능성을 거세한다는 점에서 서로의 관계는 종속적이며 폭력성을 내재한다. 『엄마는 나를 또 낳았다』에서 '아버지'가 자주 언급되는 시들이 대체로 이러한 맥락 속에 있다. 「어차피 나쁜 말만 했겠죠」에는 자식의 목소리를 빼앗은 아버지가 있고, 「그나마 이게 정의에 가까워요」에는 남들과 똑같은 방식으로 스파게티를 먹는 아버지와 그와 꼭 닮아가는 화자의 모습이 그려진다. 「못」의 아버지는 화자가 '싹수가 노란' 짓을 할 때마다 그의 머리에 망치질을 한다. 시 속의 아버지는 대체로 교정자나 안내자의 역할을 한다. 그 자신이 유일한 길인 양 끊임없이 뒤따르기를 요구한다.

석민재 시인은 그러한 폭력에 대해 가장 직접적이고 사실적인 방식으로 저항한다. 바로 '이름 더럽히기'가 그것인데, '내 이름에 침을 뱉었다'라는 행위적 문장을 시 제목으로 올리면서 아버지가 부여한 이름을 거부한다. 내 이름에 침을 뱉음으로써 아버지의 권위를 오염시킨다. 시인은 한발 더 나아가 '나'라는 존재성을 나로부터 분리해버린다.

　　치마를 뒤집으면 나는 나의 바깥,
　　미끄러운 비밀을 줄줄이 엮어
　　팽팽하게 잡고 있는 시간

왼쪽은 어제 접은 우산

오른쪽은 내일 외울 주문

꼭짓점에 목을 매고 암벽을 타자

바깥은 매일 바깥,

아직 돌아오지 않는 나를 기다리며

당분간 안쪽은 비워 두기로 하자

「세모의 안쪽」 부분

포크 밴드 '시인과 촌장'의 하덕규는 <가시나무>에서 '내 속에 내가 너무도 많아 당신의 쉴 곳 없'다고 했다. 인간은 누구나 여러 종류의 페르소나를 가지고 있다. 필자의 경우 어머니의 막내딸이자 두 아이의 엄마이며 한 남자의 아내, 한 집안의 며느리이다. 제자이면서 선생이고 시인이자 아파트 주민이며, 그러고도 아직 열거하지 못한 페르소나가 수두룩하다. 이렇게 많은 페르소나는 모두 '나'의 모습들이며 그로 인해 '당신의 쉴 곳'이 없는 것이다. 그러나 석민재 시인은 '나는 '나의 바깥'에 있다고 본다. '내 속에' 있는 '너무도 많'은 '나'는 결국 바깥이라는 거울이 비춘 '나'이기 때문일 것이다. 앞서 나열한 페르소나들을 잘 살펴보면 모든 페르소나는 관계로부터 비롯된 것들이다. 자식의 입장일 때와 자식 앞에서 취하는 태도가 다르고 학생들 앞에 섰을 때와 스승 앞에 앉았을 때 모습이 다르다. '나'는 이런 관계 속에서 만들어진 집합체이며 그렇기에 여러 관계와의 접점인 바깥에 위치한다. 그러한 관계에서는 본래적인 모습이 아니라 타자에게 보여지는 또는 보이려는 자세이기에 '미끄러운 비밀을 줄줄이 엮어/팽팽하게 잡고 있는' 긴장의 '시간'일 수밖에 없다. 내 속에는 수많은 타자로 중첩된 내가 있다. 그러니까 까뒤집고 비틀고 밀어 보아도 내가 모르는 '나'만 있는 것이다. 하덕규는 그러한 모습을 노래 속에서 '헛된 바램들', '내가 이길 수 없는 슬픔' 등으로 묘사한다. 나의 바람이 아니기에 '헛된 바램'이고 '이길 수 없는 슬픔'인 것이다. 우리의 삶은 사회적 관계 속에서 이루어지기 때문에 늘 타인의 시선, 즉 거울을 의식할 수밖에 없기에 '나'를 온전한 '나'로 채우는 일은 생각만큼 쉽지 않다. 시인은 '아직 돌아오지 않는 나를 기다리며/당분간 안쪽은 비워 두기로 하자'고 한다. 이미지로서의 삶을 거부하겠다는 강단이 엿보이는 지점이다.

　이러한 시인의 의식은 페르소나로부터 끊임없이 탈주하는 모습으로 구현된다.


　　마트에서 달걀을 사고 우유를 사고 소시지를 사고 복어를 샀지만 내가 사고 싶었던 건 이런 게 아니었어요 삼팔 구경 리볼버, 저녁 먹고 설거지하고 식구들끼리 식탁에 둘러앉아 꼭 해 보고 싶었어요 러시안 룰렛, 막내야 너부터 시작해! 우리 중 살아남은 사람이 내일 아침 하기야

「마카로니웨스턴」 부분


　　서로를 뜯어먹는 로미오와 줄리엣처럼
　　뭐든 먹어 보면 알 수 있어

　　잠시만 기다려
　　내가 누군지 말해 줄게

「저건 나폴레옹이야」 부분

어른이 된다는 말 자체가 엉터리죠
아직도 축축한데

그림자 한 장을 이불로 덮고
사계절을 버텨요, 잘

맞다 안 맞다
식물 하나 안 키우는 사람들은 충고하지 마세요, 제발요

「흑백사진」 부분


「마카로니웨스턴」에서는 목숨을 담보로 하는 '러시안 룰렛'이라는 게임을 통해 가족 간의 페르소나를 날려버린다. 관계를 배려하지 않을 뿐 아니라 예외를 두지 않는 게임에서 어머니, 아버지, 형, 오빠, 누나, 언니, 여동생, 남동생 같은 각각의 위치는 유리한 측면이 아니다. '삼팔 구경 리볼버' 한 자루에 모든 운을 맡겨야 한다. 이렇게 관계성의 자리를 '운'으로 대체함으로써 가족 관계의 허울을 단숨에 날려버린다.

「저건 나폴레옹이야」에서는 이름이 가진 허울을 벗겨낸다. <로미오와 줄리엣>은 알다시피 몬테규 집안과 케플릿 집안 사이의 원한 때문에 두 젊은 남녀가 사랑을 완성하지 못하고 죽음에 이르는 셰익스피어의 비극 작품이다. 로미오가 몬테규라는 성을 쓰지 않았다면, 줄리엣이 케플릿이라는 성을 물려받지 않았다면, 「내 이름에 침을 뱉었다」처럼 자기 성에 침을 뱉었다면 둘의 사랑은 꽃을 피웠을까. 시인은 두 사람의 사랑을 '서로를 뜯어먹는' 가장 원초적인 모습으로 묘사함으로써 이름의 무용함을 폭로한다. 그러므로 '네가 누군지' 아는 방법은 '먹어보'는 것, 이

렇게 이름이라는 거죽을 벗기고 생살에 송곳니를 박아넣을 때 '너'라는 실체와 맞닥뜨릴 수 있는 것이다.

「흑백사진」에서는 기성의 페르소나를 벗겨낸다. 통상적으로 어른은 성숙한 존재로 청소년이나 아동과 구별된다. 이러한 분류는 자연스럽게 '청소년', '아동'을 미성숙한 존재로 인식하게 만든다. 시는 이런 사고체계에 일침을 가한다. '어른이 된다는 말 자체'를 부정함으로써 성숙/미성숙의 이분법을 붕괴시킨다.

아무것도 안 하면 미칠 것 같아요

제발요

내가 되지 않게 내가 되고 있을게요

위 글은 『엄마는 나를 또 낳았다』의 '시인의 말'을 옮긴 것으로, 이에 따르면 석민재 시인이 시를 쓰는 이유는 미치지 않기 위해서이다. 그런데 곧바로 '내가 되지 않게 내가 되고 있'겠다고 한다. 내가 되지 않도록 내가 되고 있겠다는 게 무슨 말일까. 이런 모순적인 문장을 우리는 어떻게 받아들여야 할까. 여기서 '내가 되지 않게'는 앞서 언급했던 무수한 페르소나로 이루어진 그런 '나'로부터의 탈주로 보인다. 그리고 '내가 되고 있을게요'는 「세모의 안쪽」에서 '안쪽'이 '아직 돌아오지 않는 나를' 맞이하기 위해 '비워두는' 공간이었듯이 또 다른 나를 맞이할 수 있는 '나'의 모습과 닮아있다. 타자들의 시선에 '응시'하는 주체를 비워냄으로써 이전의 '나'와는 다른 변화된 '나'로 거듭나겠다는 다짐으로 여겨진다. 그러므로 앞서 언급했던 '나'를 온전한 '나'로 채우는 것을 자아도 취의 나르시시즘으로 해석하면 오산이다. 타자의 시선에 종속되지 않는 주체는 주체의 자리를 내려놓아야만 가능하며 그런 의미에서 없는 주체로서의 빈자리는 자율성이 산란하기 좋은 서식지인 것이다. 그것은 또한 '나'를 비우는 것으로 진정한 나를 맞이하는 일과 다르지 않다.

『엄마는 나를 또 낳았다』에 수록된 시편들은 읽기를 반복할수록 새로워지는데, 아마도 '내가 되지 않게 내가 되고 있을게요'라는 절규에 가까운 시인의 말이 '나'를 나로부터 분리하게 만들기 때문인 듯싶다. 이는 어느 틈에 내가 모르는 '나'와의 첫 만남이 성사되었다는 사인이 아닐까.

# 아무것도 아닐 경우

유지소, 『이것은 바나나가 아니다』, 파란, 2016.

사람살이는 스펙터클하거나 무미건조하거나 단출하거나 복잡하거나 바쁘거나 짧거나 산만하거나…… 읽기 어려운 길이다. 그래서 궁금해진다. 스펙터클의 변화를, 무미건조의 이유를, 단출과 복잡함의 습관을, 바쁨의 몸짓을, 짧음의 호흡을, 산만의 이면을 들여다보고 싶어진다. 이는 인간이 가진 기본 욕망으로 다르게 표현하면 '훔쳐보기'라고 할 수 있다. 인기 연예인의 기상에서 취침까지를 적나라하게 전시하는 버라이어티 프로그램이 인기를 끄는 이유는 이러한 관음증적 습성을 잘 간파했기 때문일 것이다. 관음증적 습성은 타자를 겨냥하기 때문에 보는 자는 보이지 않는 존재, 즉 숨은 자가 된다. 나는 보이지 않고 타자만 적나라해지는 매우 불균형한 구조로, 『이것은 바나나가 아니다』에서도 '훔쳐보기'는 빈번하게 벌어진다. 그런데 '훔쳐보기'의 필수 조건인 타자의 자리에 타자가 없다.

> 검은 물이 뚝뚝 떨어지는
> 제4번 방을 발견했소
> 내 무덤 같아서 파헤쳐 보았소
> 나무가 있었고
> 나비가 있었고
> 죽은 쥐새끼가 있었고

나는 없었소

연꽃을 생각하면 연꽃이 사라지고
사자를 생각하면 사자가 사라지는
늪이 있었소
내 무덤 같아서 파헤쳐 보았소
늪은 늪의 무덤일 뿐
나는 없었소

나는 언제 죽었나
어디에 묻혀 있나, 나는

내 얼굴을 달고 탈춤을 추는
한 사람이 있었소
그 사람은 언제나 북장단보다
한 박자 빠르거나 한 박자 늦었소
그 사람 내 무덤 같아서 파헤쳐 보았소
촛불이 있었고
빈 지갑이 있었고
생전 처음 보는 고래가 있었고

생전 처음 보는 내 무덤들이 있었고

「어디에 묻혀 있나, 나는」 전문

시에는 거울이라는 단어가 쓰이지 않았음에도 이상의 「거울」(1933) 이미지가 있다. 화자가 훔쳐보는 '검은 물이 뚝뚝 떨어지는 제4번 방'은 '그 사람'과 '나무', '나비', '죽은 쥐새끼', '늪'이 있는 곳이다. 방에 있을 법한 대상들이 아니라서 그런지 '방'은 거울을 통해 보는 상상 밖의 공간처럼 느껴진다. 사방이 거울인 엘리베이터 안에 있는 기분이라고 할까. 시에 등장하는 유일한 사람인 '그 사람'은 '그'로 지칭되는 탓에 타자로 인식하기 쉬운데 그는 '내 얼굴을 달고 탈춤을 추는' 사람이며, '생전 처음 보는 내 무덤들'을 품고 있는 사람이다. 그러니까 화자 자신을 타인인 듯 에두르는 지칭인 셈이다. 시에서 이상의 「거울」 냄새가 나는 이유를 곰곰 따져보면 동일한 종결의미 사용이나 '제4번 방' 같은 오감도식 표현법도 있지만 그 무엇보다 자아를 타자화하는 방식 때문이다.

이상은 「거울」에서 거울에 비치는 '나'와 화자를 불통의 존재로 상정한다. '거울속에도내게귀가있소/내말을못알아듣는딱한귀가두개나있소', '거울속의나는왼손잽이요/내악수(握手)를받을줄모르는 – 악수를모르는왼손잽이요'. 이로써 거울 속의 '나'는 거울에 비친 화자 자신이지만 화자와 소통하지 못하는 타자로 취급된다. '나는거울속의나를근심하고 진찰(診察)할수없으니퍽섭섭하오' 라며 감정을 내보이기까지 한다. 결정적으로 '거울이아니었던들내가어찌거울속의나를만나보기만이라도했겠소'라고 하여 '거울 속의 나'와 화자를 처음 대면하는 관계로 설정, '나'가 바라보는 '나'는 그 어떤 타자보다 낯선 존재임을 거울 하나로 모두 설명한다.

위 시에서는 거울의 역할을 방이 대신한다. 이상의 시에서 거울 앞의 화자가 거울에 비치는 자신의 모습을 적나라하게 살핌으로써 불통을 극대화하고 있다면, 위 시에서는 방에 나타나는 이미지들이 고정되지 않기 때문에 불통이 유발된다. '내 무덤 같'던 '제4번 방'에 '나는 없'다. 그 방에 내가 없는 이유는 '연꽃을 생각하면 연꽃이 사라지고/사자를 생각하면 사자가 사라지는/늪이 있'기 때문이다. 생각하는 대상은 모조리 사라져버리는 늪이기에 나에 대한 생각 역시 사라져버린 것이다. 그러니까 '제4번 방'은 나에 대해 생각하면 할수록 내가 사라지는 생각의 방이라고 할 수 있다. 다시 말해 시에서 거론되는 '나무', '나비', '죽은 쥐새끼', '늪', '연꽃', '사자', '촛불', '빈 지갑', '고래'는 '내 얼굴을 달고 탈춤을 추는/한 사람'이자 화자를 나타내는 또 다른 이미지들이다. 「거울」에서 '거울 속의 나'를 오래 바라보면 볼수록 '거울 속의 나'가 더욱 낯설어지듯이 위 시에서는 화자가 자기 자신을 생각하면 할수록 '나'는 새로운 이미지로 치환되어 '나'로부터 꼭꼭 숨어버린다. 이렇게 반딧불이처럼 잡힐 듯 말 듯 기어코 이미지를 사라지게 만듦으로써 '나'의 종착지라 할 수 있는 '무덤'을 찾을 수 없게 만드는 한편, 끝끝내 '나'라는 존재를 '알 수 없음'의 미궁 속에 가둔다.


첫째 할머니는 내일 같은 내일이 오거나 말거나
거기서 거기인 골목입니다
거울 모자를 눌러쓴 신사가 모자도 벗지 않은 채
안녕하십니까? 인사를 하며 지나갑니다
눈이 없습니다

둘째 할머니는 사랑하는 사람도 증오하는 사람도
거기서 거기인 마을입니다

빨간 풍선을 든 계집아이들이 목청껏 노래를 부르며
탱자 가시를 땁니다
금성과 수성으로 수출합니다
셋째 할머니는 벚꽃이나 장다리꽃이나 눈물 나기는
거기서 거기인 벼랑입니다
뿔은 없고
등과 꼬리에 지느러미가 달린 수사슴이
벼랑 끝에 누워 낮잠을 잡니다 개미도 같이 잡니다

잠이 나에게 옵니다 조총을 든 군인처럼 옵니다
불행하게도 나는 차렷 경례 바로가 아닙니다

넷째 할머니는 너는 너대로 나는 나대로 우습기는
거기서 거기인 해변입니다
역시 빵입니다 빵 냄새를 따라가면 빵 가게가 나옵니다
너무 길어서 끝이 보이지 않는 바게트가 나옵니다

다섯째 할머니를 찾습니다 내일 아침에 눈을 떴을 때
정말로 내일 아침이 되어 있으면
나는 비로소 다섯째 할머니입니다 아닙니다

나는 영원히 다섯째 할머니가 아닙니다

「할머니 찾아가기」 전문

이 시는 「어디에 묻혀 있나, 나는」의 연장 선상에 놓여있는 시라 할 수 있다. 나를 찾는 여정의 또 다른 버전이라고 할까. 시는 제목에서도 알 수 있듯이 할머니를 찾아가고 있다. 그러나 시의 구성을 잘 살펴보면 할머니를 찾아가는 것이 아니라 할머니를 정의 내리는 중이다. 시 전문에서 할머니는 총 네 번에 걸쳐 구분 지어지는데 첫째 할머니는 '거기서 거기인 골목'이며 둘째는 '거기서 거기인 마을'이다. 셋째는 '거기서 거기인 벼랑'이며 넷째는 '거기서 거기인 해변'이다. 여기서 반복되는 '거기서 거기'는 네 번의 정의 모두 특별할 것 없는 장소 또는 존재임을 나타내는 수식으로, 우리들의 할머니 같은 평범함을 강조하는 듯하다. 그러나 세밀히 살펴보면 평범과는 거리가 먼 이미지로 포진해 있다. '거기서 거기인 골목'은 '눈이 없'는 신사가 '모자도 벗지 않은 채' 인사를 하며 지나는 곳이며, '거기서 거기인 마을'은 '빨간 풍선을 든 계집아이들이' '탱자 가시를' 따 '금성과 수성으로 수출'하는 곳이다. '거기서 거기인 벼랑'은 '뿔은 없고/등과 꼬리에 지느러미가 달린 수사슴'이 있는 곳이며, '거기서 거기인 해변'은 '끝이 보이지 않는 바게트가 나오고' '너는 너대로 나는 나대로 우습기'가 '거기서 거기인' 곳이다. 지금까지 나열한 '거기서 거기'라는 평범함을 가장한 기이하거나 위태로운 면모들을 납득할 수 있겠는가. 더해서 이 모든 모습이 첫째에서부터 넷째 할머니까지를 정의한 것이라니 혹여 우리네 할머니 이미지와 겹쳐지는 지점이라도 있는가. 도저히 이해되지 않는 관계성은 다섯째 할머니가 언급되는 다섯 번째 연에서 전환점을 맞이하는데, 지금까지 정의되었던 할머니들은 모두 현재인 반면, 다섯째 할머니를 찾는 시점은 미래이다. 그리고 미래의 할머니는 화자 자신이 될 수도 있고, 아닐 수도 있다고 언급한다. 이어서 '나는 영원히 다섯째 할머니가 아닙니다'라며 자신의 미래에 대해 어떤 확신을 보여주는 것으로 시를 끝맺는다. 그렇다면 시에 등장하는 다섯 할머니는 과연 누구인가. 다섯째 할머니는 '내일 아침에 눈을 떴을 때/정말로 내일 아침이 되어 있으면'이라는 전제하에서 화자 자신을 지칭하는 존재이다. 내일이면 화자는 할머니가 될 수 있다는 뜻이기도 하다. 한 마디로 다섯째 할머니는 내일 만날 화자의 모습이다. 첫째, 둘째, 셋째, 넷째 할머니는 앞서 언급했듯이 현재의 할머니들이다. 이는 화자가 지금까지 눈을 떴던 지난 '내일 아침'의 화자, 즉 할머니가 된 화자의 모습이라고 할 수 있다. 다시 정리해보면 네 할머니는 화자의 현재 모습이면서 화자가 있는 현재의 골목이자 지금 여기인 마을, 벼랑, 해변인 셈이다. 그에 비해 다섯째 할머니는 오늘 만날 수 없는 존재로, 골목, 마을, 벼랑, 해변으로 정의된 첫째, 둘째, 셋째, 넷째 할머니와 달리 어떠한 정의도 내려지지 않은 미결정 상태이다. 그렇기에 화자는 '영원히 다섯째 할머니'가 아니며, 제목처럼 '할머니 찾아가기', 즉 여섯째, 일곱째…… 할머니를 찾아가는 과정이자 자기 자신을 찾아가는 행보는 '영원히' 이어질 수밖에 없다.

거울 위에서 좌우로 왕복하는 두 팔을 가지게 되는 날이 오기도 한다 하룻밤에도 아흔아홉 번씩 거울 앞에 서 있지만

하룻밤에도 아흔아홉 개의 거울 속에 내 얼굴이 있지만 그 거울 속에 있는 내 얼굴을 한 번도 본 적이 없다

눈 덮인 은색 들판에서 은회색 쥐를 쫓는 매의 눈과 같이 거울에 있는 얼룩을 닦는 나의 눈에는 거울에 있는 얼룩만 보인다

화장실에서나 화장대 앞에서나 얼룩은 항상 거울 밖에 있는 내 얼
　굴과 거울 안에 있는 내 얼굴의 딱 중간에 있다

「맹독」 부분

　거울은 거울 앞의 대상을 있는 그대로 비칠 때라야 거울의 기능을
한다. 그 대상이 사람의 얼굴인 경우 눈가의 주름이나 앞니 사이에 낀 이
물질, 눈썹꼬리 쪽에 새로 생긴 흰 눈썹까지 선명하게 보여야 한다. 이때
거울을 수시로 닦는 것은 거울 기능 유지를 위한 하나의 방법일 것이다.
그럼에도 불구하고 거울에 얼룩이 보인다면, 그 얼룩은 거울의 얼룩일
까. 얼굴의 얼룩일까. 시에서 얼룩은 '항상 거울 밖에 있는 내 얼굴과 거
울 안에 있는 내 얼굴의 딱 중간에 있다'. 사실 거울에 묻어 있든 얼굴에
묻어 있든 '내가' 거울 앞에 있는 한 얼룩은 지울 수 있다. 그러나 거울
앞에 있음에도 불구하고 화자는 '거울 속에 있는' 자신의 '얼굴을 본 적
이 없다'고 한다. 다만 '거울에 있는 얼룩을 닦는 나의 눈에는 거울의 얼
룩만 보인'다고 한다. 자신의 얼굴을 볼 수 없으니 거울에 보이는 얼룩은
거울에 묻은 얼룩일 수 있겠으나 얼룩이 얼굴이라면 어떨까. '내' 얼굴이
온통 얼룩이라서 진짜 얼굴을 볼 수 없는 것이라면 어떨까. '하룻밤에도
아흔아홉 개의 거울을 닦는 날'은 거울에 얼룩이 묻어 있다고 믿기 때문
이다. '두 팔을' '와이퍼'처럼 '좌우로 왕복'해서 '아흔아홉 개의 거울을
닦'아도, '눈 덮인 은색 들판에서 은회색 쥐를 쫓는 매의 눈과 같이 거울
에 있는 얼룩을 닦는 나의 눈에는 거울에 있는 얼룩만 보'인다. 아흔아홉
번을 닦는 동안 거울에 화자의 얼굴이 아흔아홉 번 비쳤을 테지만, 그래
서 화자의 얼굴이 거울에 박힐 지경이지만 화자의 얼굴 대신 보이는 것
이 얼룩이라니 맹독이 아닐 수 없다. 얼룩이라는 맹독이 화자를 마비시

켰거나 거울이 화자 자신을 적나라하게 비춘다고 믿는 믿음이 맹독이거나 화자가 자신을 얼룩이라 여기는 마음이 맹독이거나, 어쨌건 화자와 얼룩은 함께 있다. 얼룩 또한 얼굴이므로.

　「맹독」이 실린 『이것은 바나나가 아니다』는 2016년에 출간한 유지소 시인의 두 번째 시집으로, 첫 시집 『제4번 방』(천년의 시작, 2006) 이후 무려 십 년 만의 출간이다. 부산 출신 모더니즘 시인 7인이 만들어가는 동인지 세드나(Sedna)의 멤버이기도 한 유지소 시인은 유쾌한 비틀기의 면모를 즐겨 보여주는 시인이기도 한데, 두 번째 시집 역시 제목부터 의미심장하다. '이것은 바나나가 아니다'는 초현실주의 화가 르네 마그리트의 그림 <이미지의 배반>(1928-1929)에서 모티프를 가져온 것으로 보인다. 파이프를 그려놓고 그림 하단에 '이것은 파이프가 아니다(Ceci n'est pas une pipe)'라고 써서 이미지에 대해 다시 생각하게 만든 마그리트처럼, 이미 제목에서 '이것은 바나나가 아니다'라고 정의를 내려놓고 시 내용은 바나나를 이야기한다. 한 행 한 연으로 이루어진 20연짜리 시에서 '이건 바나나 같아', '이건 바나나가 아니면 그래도 바나나야'라며 우긴다. 정말 바나나여야 하는 것처럼 시의 모든 연이 바나나의 특징, 형태, 변질 상태 등을 이야기한다. 제목과 상반된 내용을 배치해 바나나가 아닌 것은 무엇이며 바나나는 또한 무엇인지 고민하게 만든다. 유명한 화가의 유명 작품에서 착안한 시라 식상할 수 있다는 위험성에도 「이것은 바나나가 아니다」를 표제시로 올린 것은 『이것은 바나나가 아니다』에 실린 시편들의 특징에 가장 부합하기 때문일 것이다. 그중 하나가 앞서 살펴본 「맹독」이다. 자신의 얼굴이 거울에 아흔아홉 번 비쳐도 끝끝내 얼룩으로 보일 때, 파이프는 파이프로부터 벗어날 수 있고 바나나는 바나나를 넘어설 수 있고 얼굴은 얼굴로부터 자유로울 수 있다.

0시의 도로를 달리고 있었다 나는 아무것도 아니었다 너는 사람도 아니야! 할 때의 그 사람도 아니었다

(중략)

지금 나는 아무것도 아니었다

오늘은 지났고 내일은 멀었다 너는 커서 뭐가 되고 싶니? 아무도 묻지 않은 채 조용히 인생이 끝날 수도 있다

무엇이 문제인가

당신 열쇠는 당신에게 주었고 내 열쇠는 내 주머니에 있다 나와 상관없이 강물은 흐르고 신호등은 바뀌고 별은 빛나고 들개는 죽었다 당연하고 당연하고 당연했다

(중략)

무엇이 문제인가 나는 아무것도 아니었다

아무것도 아닌 사람은 이 순간 당신 이모가 될 수도 있지만

이 순간 당신이 손을 번쩍 들고 이모, 여기 소주 두 병요! 나를 부른다면 당신은 운명적으로 나를 사랑할 수밖에 없는 유령이 될 것이다

(중략)

한 개의 빗방울이 떨어지고 조금 이따가 몇 개의 빗방울이 더 떨어졌다 이 길 위에서 내가 아무 흔적 없이 사라져버린다 해도 길은 여전히 자신의 길을 갈 것이다

똑 똑 똑. 기지개를 켜시겠습니까? 그럼 당신은 천년 동안의 무덤

에서 깨어나는 사람이 되겠습니다

「드디어 아무것도 아닌 사람」 부분

　이 세상에서 가장 이해하기 어렵고 알 수 없는 존재는 바로 자기 자신이 아닐까 싶다. 내가 나를 안다는 건, UFC에서 대결할 상대에 대해 미리 모든 정보를 파악한 상태로 링에 오르듯 내가 나를 대비하고 있다는 뜻이다. 그렇다면 내가 안다고 생각한 나는 과연 나의 본래 모습일까. 혹여 타자라는 거울에 비치고 싶은 내 모습은 아닐까. 시는 타자의 응시에 반응하지 않는 존재의 자율신경을 따라간다. 화자는 '아무것도 아니었'으며 지금도 '아무것도 아닌', '사람조차 아닌' 존재다. 여기서 '아무것도 아닌' 상태는 화자에게 자괴감이나 상실을 유발하는 참을 수 없는 존재의 가벼움이 아니라 '이모'가 될 수 있으며, '이모'라고 부르는 '당신'을 '사랑'의 '유령'으로 만들 수 있는 유연한 상태를 말한다. 또한 '아무것도 아닌' 존재이므로 존재감을 피력하지 않는다. '길 위에' 떨어지는 '몇 개의 빗방울'처럼 길에 아무런 영향을 끼치지 않고 사라져버리는 것이 가능하며, '너는 커서 뭐가 되고 싶니? 아무도 묻지 않은 채 조용히 인생이 끝날 수도 있다'. 화자와 무관하게 '강물은 흐르고 신호등은 바뀌고 별은 빛나고 들개는 죽었다'. 흐르는 강물과 바뀌는 신호등과 빛나는 별과 죽은 개와 상관없이 화자는 아무것도 아니다. 이 얼마나 자유로운 삶인가. 그렇기 때문에 나는 언제든지 모르는 나를 불러낼 수 있다. '똑 똑 똑. 기지개를 켜시겠습니까? 그럼 당신은 천년 동안의 무덤에서 깨어나는 사람이 되겠습니다' 모르는 나와 함께 선언할 수 있다. 죽음을 살릴 수 있다. 우리는 어쩌면 자기 자신을 타자에게 맞추어 사느라 기를 썼는지 모른다. '나는 이런 사람'이어야 하고, 그런 사람이 되려고 내가 모르는 나를 없애려고만 한 건 아닌지. 그로 인해 수많은 타자의 이미지를 내 모습인 양 거울 앞에서 고쳐 다듬지 않았는지 생각해볼 일이다.

유지소 시인의 '자기 훔쳐보기'를 통해 우리는 '드디어 아무것도 아닌 사람'을 만날 수 있었다. 자기 자신을 '아무것도 아닌 사람'이라고 스스럼없이 이야기하는 사람을 너무 늦게 알게 된 탓에 서둘러 세 번째 시집에 대한 소식을 찾아봤으나 알 수 없었다. 하여, 변신에 변신을 거듭한 모습으로 '끝끝내 망쳐버릴'(「가을이 오면」) 그의 어떤 가을을 기다려보기로 한다.

# 눈 밖으로 눈 굴리기

박춘석, 『장미의 은하』, 한국문연, 2021.

시 어떻게 쓰나요? 같은 질문을 종종 받는다. 그럴 때마다 난감하다. '어떻게'라는 그 광활한 품을 몇 마디 혹은 몇 문장으로 압축할 수 없기 때문이다. 그럴 때마다 필자는 우선 생각 밖의 생각을 글로 옮겨보라고 한다. 생각지도 않은 곳이 시의 서식지이므로. 두 번째는 서로 먼 단어들을 이웃으로 만들어 보라고 한다. 예를 들면, 꽃과 피아노, 안경과 삼겹살 같은 이질적인 것들을 접붙이면 그것만으로 시는 발화되므로. 결국 시는 어디서든 볼 수 있고 만질 수 있고 들을 수 있는 것들의 집합체다. 본성을 뒤집고 얼굴을 뭉개 새로운 일가를 이루거나 그 집에서 나무로 자라는 사람을 만날 수도 있다. 구름을 깨트리는 새와 피아노를 녹이는 여름을 만날 수도 있다. 혹은, 사람을 잃어버린 식물을 만날지도.

　　나의 오늘은 고이 잠드는 침대와 같은 곳에 있습니다 커피향기도 끓는 물도 발생되기 이전으로 두십시오 나는 여기 겨울 속에 씨앗으로 있습니다 당신이 주겠다는 커피를 마시러 갈 몸이 없습니다 나의 식물은 겨울이 공기 속에 감금하여 잠재우는 중입니다 나의 사람은 겨울 침대에 눕혀두고 봄을 기다립니다 내가 얼마나 자라지 못하는 식물인가는 가지런히 놓인 신발이 말해주고 있습니다 신발은 좋은 화분도 거름도 되어주지 못했습니다 신발을 신지 못하여 아침에서 저녁까지도 못 가고 있습니다 그러므로 나는 지금 없습니다 어제도 식물을 기다렸습니다 오늘도 식물을 기다립니다 식물이 자라오지 않는 동안 사라진

것에 대해 투명한 것에 대해 골똘히 생각합니다 나는 여기 겨울 침대
에 누워 있습니다

(중략)

　자유가 어떤 곳에 도착하는 식물이라면 미래가 식물의 위쪽 상부
에 있다면 나의 식물은 아직 투명한 곳에서 자라오고 있습니다 당신은
없는 나에게 '혹시 시간 있느냐'고 물으셨습니다

「식물의 위쪽 상부」 부분

　위 시는 무언가 기다리는 화자의 모습을 그린다. 이때 '나'는 '식물'
이면서 '사람'이다. 화자가 기다리는 것은 '봄'이라는 계절. 그가 봄을 간
절히 기다리는 이유는 '겨울 속에 씨앗'으로 있기 때문이다. 한편으로는
'겨울 침대에 눕혀'져 있기 때문이다. 씨앗이든 침대에 누워있든 꼼짝할
수 없다는 점에서 두 상황은 닮았으나 봄은 서로에게 다른 의미를 지닌
다. 씨앗의 상황에서 봄은 '자라는' 시간, 즉 미래다. '식물'이라는 새로운
모습으로 변신하는 계절인 것이다. 침대에 누운 상황에서 봄은 침대 밖
이다. '신발을 신지 못하여 아침에서 저녁까지도 못 가고 있'다는 걸 보
면 그는 일상생활을 영위하지 못하는 듯해 보인다. 침대 밖으로 단 한 발
짝도 내딛지 못하는 현실이니 혹여 겨울이 지나면 신발에 쓸모를 누리
게 할 수 있지 않을까 싶은 것이다. 시인은 이를 '자유'로 표현한다. '자
유가 어떤 곳에 도착하는 식물이라면' 그 자신은 자라는 존재일 수 있다.
　여기서 '씨앗'은 '침대에 누워있는' 화자가 만든 환상이다. 침대에
누워 옴짝달싹하지 못하는 상황에서 그가 호사스럽게 시간을 보내는 방
법이라고 할까. '씨앗'은 봄이 되면 싹을 틔울 것이고 잎을 키울 것이고,

줄기가 굵어질 것이고……. '나'는 '씨앗'일 때라야 자란다. 사람의 몸으로는 그 무엇도 할 수 없으니, '나'의 갈망이 '씨앗'을 만든 것이다. 시를 곱씹어 읽다 보면 비애감이 드는데, 그 이유는 바로 침대 밖으로 나오지 못하는 자의 갈망을 대면하기 때문이다. '씨앗'으로 있는 화자는 장기 투병 중인 환자를 떠오르게 한다. 뇌 손상으로 의식과 운동 기능은 없으나 호흡이나 소화작용 같은 기본 생리 작용은 계속되어 생명을 유지하고 있는 상태의 사람을 '식물인간'이라고 하지 않는가. 그렇기에 '나'는 '없는 사람'이다. '당신이' 커피를 주겠다지만 '마시러 갈 몸이 없'다. 그 어디에도 희망이 보이지 않는 상황인 것이다. 시는 그 같은 상황을 일인칭 시점으로 서술한다. 그 탓에 '나'라는 존재가 계속해서 무언가를 하고 있다고 느껴진다. '봄을 기다리'거나 '골똘히 생각'하는 행위가 '없는 사람'으로 치부할 수 없게 만든다. 이로써 앞서 '나'가 식물이기도 사람이기도 했던 것처럼 시의 장에서는 비애감과 생명력이 동시에 발현된다. 그리고 마지막 연에서 '혹시 시간 있느냐'고 '당신'이 물어줌으로써 '나'는 '없는 사람'에서 '사는 사람'으로 변모한다. '자유'나 '미래' 같은 꿈의 상상을 양분 삼아 자라는 일을 시도하게 되는 것이다.

「식물의 위쪽 상부」에 나타나는 사물의 무경계성은 박춘석 시인이 시를 구축하는 방식이기도 하다.

> 피아노는 새의 긴 꿈이다
> 피아노는 새의 영혼을 꽉 조이는 세계이며
> 허공을 키우는 화분이며
> 새의 알을 부화하는 크고 따뜻한 어미 새다

바위 속에 가벼움을 가두는 감옥이 있다

바위는 뿌리 없는 식물이다

가지나 잎을 피우지 않는다

가벼움을 극복하기 위해 몸과 마음을 한곳에 모아두고 있다

귀를 없애고 눈을 없애기 위해 은거한다

밀폐된 곳, 바람이 드나들지 않는 곳, 바위의 안전한 서식지다

서식지를 떠나면 잘게 부서지고 사방 흩어져서 죽는 식물이다

(중략)

사막은 바위들이 사는 식물원이다

장미보다 아름다운 꽃이 숨어 있다

사막에서 몸을 가볍게 하여 날아 보지만 영원히 바위 안이다

낙타와 선인장은 바위의 진화다

어디론가 멀리 가고 싶은 바위의 동물성과 식물성의 진화다

「피아노와 바위」 부분


시 속의 '피아노'는 피아노를 포함하지 않고 '바위'는 바위로부터 멀다. 이때 피아노가 피아노를 포함하지 않기 때문에 '새의' '꿈'이 되고 '세계'가 된다. '허공을 키우는 화분'이 되고 '알을 부화하는' '어미 새'가 된다. 역시, 바위는 바위로부터 멀기에 '뿌리 없는 식물'이 들어앉을 수 있다. 피아노라는 이름 자리에 피아노가 없다면 자리는 비게 된다. 비어 있기에 무언가를, 누군가를 채우거나 앉힐 수 있게 된다. '새'와 '화분'과 '어미 새'까지 불러들일 수 있다. '사막'이 '바위들이 사는 식물원'이 될 수 있는 것도, '낙타와 선인장은 바위의 진화'라고 주장할 수 있는 것도,

이 같은 응당 있어야 할 것이 있지 않은 구조 때문이다. 피아노를 피아노라고 하는 것은 당연한 말이다. 그런데 어떤 국면이 당연하면 말을 이어 붙일 자리가 없다. 궁금하거나 의심스럽거나 이상하거나 같은 호기심을 유발하지 못한다. 미안하거나 아쉽거나 애틋함 같은 감정이 고이지 않는다. 시에서 당연한 말은 더 이상 할 수 있는 말이 없다는 절언 선언이나 마찬가지다. 그런 점에서 「피아노와 바위」는 영원히 도착하지 않는 말들의 소굴이다.

나무 이파리, 꽃, 바람, 새를 가진 아버지가 병 속에 앉아있었다

애야 이곳은 광활해서 깜박깜박 정신 줄이 희미해지는구나
이곳은 너무 작아서 종일 침대와 휴게실만 발을 디딜 수 있구나

병과 함께 바람이 사라지기 시작했고 빈자리에 사람이 생겨나기
시작했다

이곳으로 들어오는 문이 창밖에 피고 있는 벚꽃처럼 열렸더냐
벚꽃이 피고 있는 동안 네가 왔다

나무 이파리가 떨어진 자리에 가슴이 생겨나기 시작했다

이승과 저승의 거리가 담겨 있는 이 넓은 곳을 온 거니

너는 30분도 머물 수 없는 이 작은 곳에

꽃이 시든 자리에 가슴이 생겨나기 시작했다
너는 시종 두근거리며 왔을 테지
벚나무의 먼 거리를 걸어


새가 날아간 자리에 사방 둘러볼 눈이 생겨나기 시작했다


이제 꽃이 피는 방향으로 창문을 내고 네가 오는지 내다볼란다


몇 잎의 이파리가 남아 있는 동안 어느 전생을 그리워하듯 그는 오
래 창밖을 내다보았다


애야 여기 병 속을 떠날 수 있을까
꽃이 창밖을 가득 메워 문을 열었다가 곧 캄캄하게 닫히는구나


애야 내 손을 잡지 마라
너의 힘에 이끌려 여기서 나가고 싶다
벚꽃처럼 잠시 머물다 흩어질 집이라도 갖고 싶다


남아 있던 이파리가 떨어지고 있는 동안 어느 현생을 그리워하듯
그는 오래 창밖을 내다보았다


지금 집으로 가는 중이에요
눈물이 먼 전생의 일인 듯 멀리서 왔다


가까이 오지 마라

나는 차갑게 식어버린 혼자인 사람이다

내게 온기를 퍼트리지 마라


마지막 한 이파리가 꺾인 날 그는 온통 노인의 몸이 된 그는

「사람에 도착한 사람」 전문


　위 시는 상황과 상황 사이에서 파생하는 정조가 중요하기 때문에, 꽤 길지만 전문으로 살핀다.

　시 속의 '아버지'는 생을 마감하기 직전의 상황에 놓여 있다. 이러한 모습은 앞서 「식물의 위쪽 상부」에서 식물인간과 같은 화자의 모습을 떠올리게 한다. '나무 이파리, 꽃, 바람, 새를 가진 아버지'는 아직 '사람'이 아니다. 시는 그가 사람이 되어가는 과정을 대상의 언술과 화자의 묘사로 교차해서 진행한다. 그는 '병 속에 앉아' 있는 존재=병을 앓고 있는 존재이다. '이곳은 너무 작아서 종일 침대와 휴게실만 발을 디딜 수 있'거나 '이승과 저승의 거리가 담겨 있는 이 넓은 곳', 혹은 '너는 30분도 머물 수 없는 이 작은 곳'이라는 걸 보면 그가 있는 곳은 요양원이나 그와 유사한 시설쯤으로 여겨진다. 그는 자신이 처해 있는 어쩌지 못하는 상황을 끊임없이 설파한다. '병 속을 떠날 수 있을까' 물었다가 집에 가고 싶어질 수 있으니 손조차 잡지 말라는 등 갈피를 잡지 못하는 모습을 보인다. 그런 와중에 '병과 함께 바람이 사라지'고 '나무 이파리가 떨어'지고 '꽃이 시'들고 '새가 날아간'다. 그리고 그것들이 사라질 때마다 '빈자리에'는 '사람'이 생긴다. '가슴이 생겨나'고, '눈이 생겨나기 시작'한다. 그러다가 종국엔 '온통 노인의 몸'이면서 '차갑게 식어버린 혼자인 사람'이 된다.

전체를 훑고 보니 「사람에 도착한 사람」은 한 존재의 죽음 과정을 잔혹하다 싶을 정도로 가까이에서 세밀하게 관찰하는 시다. 그런 점에서 운명 직전의 몸임에도 시종일관 말을 멈추지 않는 아버지의 모습은 화자의 욕망이 투영된 하나의 현상으로 읽힌다. 당신을 놓칠 수밖에 없는 상황임을 잘 알고 있기에 그 시간을 조금이라도 늦추기 위해 아버지로 하여 끊임없이 말을 이어가게 만든 것이리라. 그러므로 아버지가 가진 것들, '나무 이파리, 꽃, 바람, 새'는 저승으로 떠나는 아버지가 더 이상 볼 수 없는 이승의 것들이다. 온전히 '혼자인 사람'으로 떠나는 아버지를 이승의 자식은 눈물로 배웅하고 있다.

시에서 가장 여운이 큰 지점은 '애야 내 손을 잡지 마라/너의 힘에 이끌려 여기서 나가고 싶다/벚꽃처럼 잠시 머물다 흩어질 집이라도 갖고 싶다'라고 했다가, '가까이 오지 마라/나는 차갑게 식어버린 혼자인 사람이다/내게 온기를 퍼트리지 마라'라고 마음과 상반된 이야기를 하는 후반부일 것이다. 시적 장소를 요양원으로 상정한다면 전자는 집으로 돌아가고 싶어 한 아버지의 마지막 소원일 것이고, 후자는 끝끝내 소원을 이루지 못한 채 죽음을 맞이한 귀결이다. 이 같은 상황이 역설로 표현되고 있어서 집으로 돌아가고 싶으니 어서 손을 잡아 달라, 나를 혼자 가게 하지 말고 가까이 와 달라는 절실함이 폐부를 찌른다. 고백하자면 필자는 「사람에 도착한 사람」을 읽으면서 신기한 경험을 했다. 지하철에서 시집을 읽고 있었는데, 마치 랙 걸린 턴테이블처럼 목적지에 도착하도록 「사람에 도착한 사람」 페이지에서 빠져나올 수가 없었다. 필자의 몸이 온통 어머니의 목소리로 가득 차버린 탓이었다. 필자의 어머니 역시 시 속의 아버지와 같은 모습이라 그랬을 테지만 시에서 구사하고 있는 구어체는 에두름 없이 바로 독자의 심장을 겨냥하는 직설적인 방식이다. 그러니 외면하고 있던 마음들이 옴짝달싹 못 하고 걸려들 수밖에.

이렇게 되고 보니 시는 함정 같기도 하다. 여는 글에서 필자는 분명 시는 아무것도 아니라고 했다. 그렇기에 '가난한 형편을 나아지게 만들지 않거니와 죽은 피붙이를 되살리지 못하며, 미래를 꿰뚫는 예지력은 더욱 없다'고 했다. '다만 곁에 있을 뿐'이라는 동지적 포지션으로 글을 전개했다. 그러나 『장미의 은하』 시들은 개별적이다. 동지로 묶일 여지가 없다. 이는 앞서 살핀 시들이 그랬듯이, 시 속 존재들의 존재 방식이 우리가 감각하는 방식에서 벗어나 있기 때문이다. 아래 시는 그러한 방식이 시인의 일임을 설파한다.

내 머릿속에 수천 권의 책이 꽂힌 서가가 있다 현실은 책표지 같은 바깥이 가득하다 머릿속의 해가 나를 비출 때가 있다 머릿속의 피아노가 노래를 들려줄 때가 있다

나는 보이지 않는 것을 가끔 본다 겨울 나뭇가지에서 나뭇잎이 보이고 꽃이 보일 때가 있다

창밖에 눈이 온다 새 눈이 아니라 기억 속의 눈이다 어머니와 밥을 먹는데 오래 전의 풍경에서 눈물이 먼 강을 흘러와 현재에서 흐른다

그와 나는 백 년 가까이 살았는데 내게서 사과 향이 난다며 백 년 동안 입을 맞추고 백 년 동안 깊게 포옹을 한다 현실은 어디에서 오는 걸까 나는 사과에서 왔을까 나는 몇 그루 사과나무로 이루어진 사람일까

내가 사람을 떠나려는 것은 나의 사과를 직접 보려는 것이다 (중략) 나는 수년을 사과를 향해 왔지만 사과에 당도하지 못했다 한동안 일행은 무엇에 도착하지 못했다 중간의 피아노와 중간의 나무와, 중간의 사람을 떠나고 있었다

피아노가 아름다운 노래를 만나는 일, 나무가 잎과 꽃을 만나는 일, 내가 사과를 만나는 일

얼마간의 시간이 흐른 후, 피아노는 저 너머의 노래를 수없이 만났고 나무는 꽃과 잎을 만났다 나는 사과밭을 지나왔지만 사과와 사람의 거리가 멀어 몇 번을 지나쳤다 지리적인 어떤 거리가 아니라 과수원 철조망이 어느 전생인 듯 종의 경계를 짓고 있었다

「시인」 부분

시인이 시를 구축하는 방식은 '보이지 않는 것을' 보고 눈앞을 버리고 다른 것을 보는 것이다. 어떻게 해서든 눈에 보이는 지금을 벗겨내려고 한다. 그러한 노력이 시를 낯설게 만든다. 화자가 하는 일은 '현실'을 있는 그대로의 현실로 받아들이지 않는 것이다. 왜냐하면, 그의 눈에는 '겨울 나뭇가지에서 나뭇잎'과 '꽃이 보일 때가 있'기 때문이다. '머릿속의 해가 나를 비추'거나 '머릿속의 피아노가 노래를 들려줄 때가 있'기 때문이다. 그러므로 현실은 여기, 이곳이 아닌 어딘가로부터 오는 것이다. 화자의 이 같은 인식은 자기 자신에게 그대로 적용한다. '나는 사과에서 왔을까'라는 근원에 대한 물음을 통해 '나'는 온전한 '사람'이라는

의식을 허물어버린다. 그로 인해 '나'는 '사과'일 수 있다는 가능성이 열리고 화자는 자신의 '사과를 직접 보'기 위해 '나'라는 '사람'을 떠나기로 한다. 자기 자신을 자신의 바깥에서 살피는 일은 주체를 버리고 타자가 되는 일이다. 이는 '피아노'가 피아노에서 벗어나 '사물 너머로 향하'는 일이며, '나무'가 나무로부터 빠져나와 나무 바깥에서 '제 잎과 꽃을 직접 보'는 '눈(目) 밖으로 눈 굴리기'라고 할 수 있다. 모든 존재는 자기 존재로부터 멀어질 때 자신을 객관적으로 살필 수 있다.

　시에서 화자는 '사과에 당도하지 못'한다. '과수원 철조망이 어느 전생인 듯 종의 경계를 짓고 있었'기 때문이라는데, 그곳이 바로 시인의 자리이다. 그는 '사과'와 '나'를 '전생'의 인연으로 묶어낸다. 현실에서는 철조망 안팎에 놓인 관계지만 '나'의 전생이 '사과'였을 지도, 혹은 '사과'의 전생이 '나'였을지도 모른다는 전제를 사과나무에 매달고 있다. 그러므로 3연에서 말하는 '나는 몇 그루 사과나무로 이루어진 사람일까'라는 물음은 마지막 연에서 '피아노'가 '저 너머의 노래를 수없이 만'난 것처럼, '나'는 수없이 많은 사과나무의 전생일수도, 수없이 많은 내가 사과나무들의 전생일 수 있다. 결국, 우리 눈 앞에 펼쳐진 모든 삼라만상(森羅萬象)은 '나'이거나 '너'이거나 '우리들'이며, 그 모든 연결점을 거미줄처럼 펼치는 이가 바로 시인이다.

　박춘석 시인이 쳐놓은 거미줄에 오래 잡혀 있었다. 잡힌 줄도 모른 채 깊어졌으니 더 깊어질 일만 남았다.

# 꼭 필요한 낭비

신정민, 『저녁은 안녕이란 인사를 하지 않는다』, 파란, 2019.

　　시든 산문이든 글을 쓸 때 필자가 가장 오래 고심하는 부분은 시작점이다. 커서 깜빡이는 빈 화면과 맞닥뜨리면 우선 막막함이 앞선다. 지난밤 내린 폭설이 길이고 집이고 모두 삼켜버린 흰 풍경과 마주한 느낌이라고 할까. 사방이 허방 같아서 어느 방향으로 발을 내디뎌야 할지 암담하기만 하다. 그렇다고 눈이 녹길 기다릴 수도 없다. 첫 문장만 만들면 다음 문장은 앞 문장에 업힐 수 있을 것 같은데, 수월하게 한 고개 넘어갈 것 같은데, 도통 길이 보이지 않는다. 그럴 때마다 필자는 시집을 펼친다. 시 읽기는 진퇴양난의 상황을 벗어나는 필자만의 비책으로, 시는 방향을 알려주기보다는 방향 없음을 알려준다는 점에서 새로운 길을 만드는 데 유용하다. 기존의 사고체계를 재바르게 흩뜨려놓기 때문이다. 신정민의 시는 이러한 익숙함에서 끊임없이 달아나려는 탈주자의 모습을 보여준다.

> 불가마 뒤안에 버려진 파편들
> 깨지기 위해 만들어지는 그릇 중의 으뜸은 사람이었다
>
> 불똥이 튈 때
> 목 긴 화병 옆구리에 작은 찻잔 하나가 날아가 박혔다
>
> 실패하지 않는 우연은

성공작을 위해 눈에 잘 띄는 곳에 진열될 것이다

아무도 그려 주지 못한 무늬를 갖기 위해 받들었던 균열들
땀구멍을 통해 투명한 무늬로 빠져나왔다

도공의 손을 빌려 깨지기로 한 그릇들
원하는 꼴이 아닌 사람들이야말로 꼭 필요한 낭비였다

「불의 이웃」 부분

위 시는 사람을 그릇에 빗대어 풀어낸다는 점에서 비유를 즐겨 쓰는 여느 시와 별반 다르지 않아 보인다. 그러나 시에서 보여지는 비유는 단순 비유가 아니라 단계를 더하는 '비틀기'로, 그렇기에 이 단계를 면밀하게 느끼는 것이 시를 체험하는 유용한 방법이 될 수 있다. 신정민 시인은 '인간'에 대한 관념을 두 번에 걸쳐 파기시킨다. 먼저 사람을 사물화시켜 기존 시에서 많이 구사하는 사물의 인간화(의인화), 즉 인간 중심적 사고를 허문다. 시에서 사람은 그릇이다. '깨지기 위해 만들어지는 그릇 중 으뜸'이라 자부한다. 여기서 그릇을 인간 형상으로 빚은 토기로 생각하면 오산이다. 말 그대로 ㅅ, 사람을 그릇 취급하고 있다. 시의 전문을 살펴보면 화자는 다 구워진 그릇들을 빼낸 장작 가마 속에서 땀을 빼는 상태이며, 자신을 '토끼 귀 털 문양 그릇'으로 상정하고 있다. 조금 전까지 층층의 그릇들이 1,000℃~1,500℃ 열기를 견뎌낸 그 자리에 '땀 흘리는 그릇'으로 앉아 있다. 관념을 파기시키는 두 번째 단계에서는 사람을 사물화된 상태에서 완결시키지 않고 그 사물의 꼴을 다시 깨뜨림으로써 해체해버린다. 시는 이 두 번째 단계의 힌트를 서두에서 언급한다. '깨어

지기 위해 만들어진 그릇'은 '불가마 뒤안에 버려진 파편들'이라는 결과를 앞세워 일단 불가마에서 만들어진 그릇, 그러니까 사람은 깨어지는 존재임을 전제한다. 이로써 화자가 불가마에서 땀을 빼는 행위는 '균열'을 받아들이는 행위이자 이미 파편으로 버려질 것을 상정하고 있는 행위이며, 그 자신이 '원하는 꼴이 아닌 사람들' 중 한 명임을 자백하고 있다. 여기서 말하는 '원하는 꼴'은 '성공작'일 텐데, '실패'의 반대쪽에 성공이 아니라 '우연'을 배치한 걸 보면 시에서 성공작 생산은 기대에 마지 않는 결과가 아니다. 화자가 '깨지기로 한 그릇'이 됨으로써 '원하는 꼴이 아닌 사람들이야말로 꼭 필요한 낭비였'음을 깨닫는 시점이 시가 성공작으로 완성되는 지점이다.

「불의 이웃」에서 보이는 일반적인 우열 기준이나, 보편적 규칙을 따르지 않는 세계관은 시가 수록된 『저녁은 안녕이란 인사를 하지 않는다』에 나타나는 특징 중 하나이다.

나를 발견하기 좋은 지하
어둠이 거칠고 사납다던 말은 모두 옛말이다

(중략)

오늘은 우리의 어제를 이해하는 천국
빚을 탕감받은 죄수들이 풀려나오는 성 금요일의 백화점


현실에 있다는 지옥문이
정문에서 돌고 있는 거대한 회전문은 아닐까


시계도 없고 창문도 없는 이곳에서

욕망을 위해 돌고 도는 내 죄는 몇 층까지 내려가야 할까

「신(新) 지옥도」 부분

위 시에서는 이미지 전복을 만날 수 있다. 시의 공간적 배경은 백화점 지하 주차장이며, 운전대를 잡은 화자는 주차장마다 만차인 탓에 주차할 곳을 찾아 아래층으로 내려가는 중이다. 아래층도 주차할 공간이 확보된 상태가 아니므로 다소 짜증스러운 상황으로 보인다. 그러나 화자는 그 불편한 상황을 기회로 활용, '나를 발견하기 좋은 지하'의 시간으로 만든다. '어둠은 거칠고 사납다던 말은 옛말'일 뿐이며, 더 깊은 지하로 내려갈수록 자기 자신을 들여다보기에 좋은 조건이 되는 셈이다. 화자는 자신이 가려는 백화점을 '지옥'으로 상정하는데, '욕망을 위해 돌고 도는 내 죄는 몇 층까지 내려가야 할까' 하고 자기 자신에게 물음을 던짐으로써 이미 지옥행이 정해진 죄인임을 시인하고 있다.

서쪽은 서쪽이 어느 쪽인지도 모르면서 우기는 서쪽이었다

오로지 한길 걸어왔으나 신을 만나지 못한 너는
죽음을 귀찮게 하는 독서를 즐겼다
살아 있는 것을 성가시게 구는 살아 있는 것들이 좋았다

(중략)

해가 진다는 약점에도 불구하고 서쪽이 서쪽인 서른 가지 이유 중
으뜸은 자신의 방향을 따지지 않는 것이었다

「서쪽」 부분

시에서 '서쪽'이라는 방향성은 서쪽에만 한정하지 않는다. 「불의 이웃」에서 '꼭 필요한'이라는 수식을 앞세움으로써 '낭비'라는 단어의 부정성을 부정적 이미지로부터 해방시켜 주었듯이 '자신의 방향성을 따지지 않'는다는 이유와 연결함으로써 새로운 방향으로 탈바꿈하게 만든다. '살아 있는 것을 성가시게 구는 살아 있는 것들이 좋았다' 역시 같은 맥락으로 읽어야 한다. 이 문장에서는 '성가시게'라는 형용사의 부정성을 '좋았다'는 서술로 받음으로써 부정이 가지는 긍정의 힘, 그러니까 살아 있는 것들을 살아 있게 만든다. '죽음을 귀찮게 하는 독서를 즐겼다'를 살펴보면 죽음은 삶 밖의 범주이기 때문에 살아 있는 자가 죽음을 체험하는 방법은 책 읽기 같은 간접 접근밖에 없다. 그러니까 '독서'는 살아 있는 쪽에서 죽음 쪽을 끊임없이 기웃거리는 일이라는 말이다. 여기서 죽음이 체험 가능한 생물이라면 시에서 말하고 있는 '죽음을 귀찮게'하는 행위가 될 수 있다. 하지만 안타깝게도 죽음은 관념일 뿐이지 않은가. 그런데 시에서 서쪽이라는 지시 방향을 서쪽에만 국한하지 않은 탓에 서쪽의 스펙트럼이 넓어졌듯이, 죽음을 살아 있는 생물에게나 쓸 법한 '귀찮게'라는 형용사와 연결함으로써 관념의 불투명 막을 걷어 버린다.

수식을 활용한 관념의 구체화 작업은 표제 문장이 들어있는 아래 시에서 사물 대체를 통한 구체적 형상으로 제시된다.

안녕이란 말에는 생각보다 깊은 뜻이 있다

혼자선 아무것도 할 수 없는 그에게 옷을 갈아입힐 적마다 앉은뱅이 고모에게 진 빚을 갚는 느낌이다

산후조리하다 맞은 침 때문에 평생 앉아서 살게 된 열아홉

절망에 생김새가 있다면
문병 온 친구가 주머니에 찔러 준 흰 봉투같이 생겼을 것이다

하룻밤만 자고 나면
어디가 어떻게 아픈지 다 아는 사이
비밀 하나쯤 지키겠다는 듯 치는 커튼 그 안에서

이승과 저승 사이에서

곡식 여물지 않을까 봐
논농사 곁에 가로등 세우지 않듯
불 끄고 돌아눕는 것 그것이 안녕이다

잘 자라는 인사 대신
갈아입을 옷 챙겼느냐 실없이 물어 주는 것

문 열면 환한 냉장고의 불빛 같고 다 먹지 못할 간식에 붙여 놓은
번호 같은 안녕

감탄할 수밖에 없는 죽음
커튼 치고 연습해 보는 것 같아서

너를 사랑했다는 것이 아무래도 거짓말이었나 봐

지우게 될 문자를 써 놓고 들여다보는 간병사의 저녁

저녁은 안녕이란 인사를 하지 않는다

「봉투-옷 혹은 육체-자루」 전문

시는 죽음에 대한 화자의 소회를 그리고 있으며, 시 전체를 뒤덮고 있는 죽음 징조만큼이나 관념어가 널려 있다. 습작생 시에서나 만날 법한 '안녕', '절망', '죽음', '사랑' 같은 관념어가, 특히 '안녕' 같은 경우는 반복적으로 사용된다. 그럼에도 불구하고 시가 관념적으로 느껴지지 않는데, 이는 관념을 관념 속에 가두고 있지 않기 때문일 것이다. 그중 직유법을 쓰고 있는 '절망'과 '안녕'을 살펴보자. 시에서 말하는 절망은 '문병 온 친구가 주머니에 찔러준 흰 봉투 같은' 것이며, 안녕은 '문 열면 환한 냉장고 불빛'이자 '다 먹지 못한 간식에 붙여 놓은 번호 같은' 것이다. 직유법은 원관념과의 유사성을 이용한 수사법이지만 '절망=흰 봉투, 안녕=냉장고 불빛, 번호' 관계에서는 연결점이 단박에 찾아지지 않는다. 그것이 시가 가진 매력으로, 한 쾌에 꿰어지지 않기 때문에 두세 번 읽어야 하고 반복해서 읽다 보면 한 번 읽었을 때 보지 못했던 새로운 지점들과 만나게 된다. 이제부터 그 새로운 지점들을 찾아보자.

'흰 봉투'의 경우, 인사치레로 돈을 건넬 때 많이 활용하는 용품으로 특히 부조용으로는 불문율처럼 흰 봉투를 쓴다. 그리고 죽음을 앞둔 환자는 봉투 속에 들어있는 돈을 사용할 기회가 거의 없다는 점에서 '절망'이라는 원관념에 부합되는 요소라고 할 수 있다. 그런데 시에서는 '봉투'를 단지 '흰 봉투'라는 단순 비유에만 한정시키지 않는다. '혼자선 아무것도 할 수 없는' 사람이기 때문에 '옷을 갈아입'히는 행위에 봉투 이미지가 투영되어 있으며, 더 나아가서 '이승'에서 '저승'으로 가는 육체의 소멸에서도 봉투 이미지가 녹아 있다. 시 제목인 '봉투-옷 혹은 육체-자루'는 이 모든 이미지의 나열로 이루어진 제목으로, 이미지 나열의 제목을 한 단어로 대체하면 '절망'이 된다. 그러니까 '절망'이라는 관념어는 표면적으로는 직유법에서 나타나는 '흰 봉투'지만 궁극적으로는 시 전체를 아우르는 상징적 정조인 것이다.

'안녕'의 경우 만날 때와 헤어질 때 흔히 나누는 인사로, 시에서는 '죽음'이라는 돌이킬 수 없는 헤어짐을 상정하고 있다. 그렇기에 변질을 지연시키는 냉장고는 무의미에 가깝고 다른 환자의 음식과 구별하기 위해 간식에 붙인 번호 역시 다시 먹을지 장담할 수 없기에 냉장고의 역할과 다르지 않다. 다소 거리감이 느껴지던 보조 관념들은 '안녕'이라는 원관념과 부합되는 이미지였던 것이다. 시에서 '안녕'은 '곡식 여물지 않을까 봐/논농사 곁에 가로등 세우지 않듯/불을 끄고 돌아눕는 것', '잘 자라는 인사 대신/갈아입을 옷 챙겼느냐 실없이 물어 주는 것'으로 그 의미가 확장된다. 겉보기에는 일상을 나누는 인사 같지만 내밀하게 살펴보면 일상 밖으로 밀려난 존재를 일상으로 회복시키려는 화자의 간절함이 들어있다. 그러나 죽음은 코앞에 있고 입을 때면 정말 마지막이 될지도 모르기에 '저녁은 안녕이란 인사를 하지 않는다'라고 단호하게 선을 긋는 것이다. 이처럼 관념을 이중적으로 풀어내는 방식은 시의 결을 세밀하게 만들 뿐만 아니라 시를 읽고 난 뒤에도 그 여운이 오래도록 남는다.

『저녁은 안녕이란 인사를 하지 않는다』에서 주목해야 할 또 다른 점은 주체가 주체로부터 벗어나는 방식이다. 앞서 「불의 이웃」의 주체가 사람 되기를 버리고 '깨어진 그릇'이 되었듯이, 「서쪽」에서 '서쪽'은 '자신의 방향을 따지지 않는' 서쪽이듯이 신정민 시인이 빚어내는 주체는 주체로 고정되기를 거부한다. '자유,/무엇이든 마음대로 그리는 것이/있는 그대로를 그리는 것보다 어려웠'(「중간색」)던 주체는 '어디로든 갈 수 있다는 광장의 약점(「마취의 세계」)을 간파해낸다. 자신을 방생할 곳을 발견한 것이다. 시의 주체는 드디어 자신으로부터 자신을 내보내기로 한다. 그가 맨 처음 한 일은 이름을 버리는 것이다.

칭기즈칸이 집에 나타난 것은 새해가 되고 얼마 지나지 않은 어느 일요일이었다 자신을 윌리엄이라고 소개했다 황갈색 피부와 둥글납작한 얼굴 찢어진 눈과 납작한 코를 가진 박정수

윌리엄은 윌리엄이 되기 전에 박정수였다 스코틀랜드계 미국인의 이름을 가진 전쟁고아 자, 이제부터 너는 윌리엄이야 처음 본 어머니가 정해 준 이름 윌리엄은 윌리엄이면서 윌리엄이 아니었다

나는 왜 윌리엄인가 이름 불릴 때마다 박정수이면서 동시에 칭기즈칸인가 이름은 나를 위해 무슨 일을 해 줄 수 있나 칭기즈칸과 윌리엄과 박정수는 서로에게서 점점 멀어졌다

차라리 이름 없는 사람이 되고 싶었다

가는 곳마다 이름이 생겼다 전쟁은 벌써 끝났는데 보호 관찰자가 따라다니는 윌리엄은 탈영병이면서 부랑아 미국도 한국도 아닌 제3국에서 나만을 위한 적당한 이름을 직접 짓고 사는 게 유일한 꿈이었다

통성명을 마친 뒤로 칭기즈칸은 누구에게도 불리지 않았다 이름

없이도 앞날에 대한 대화는 충분했기 때문이다.

* 홋타 요시에, <이름을 깎는 청년> 중에서.

「다나카는 다나카답게 다나카인데」 전문

대한민국이라는 상징계에서 우리는 이름으로 증명되고 증거된다. 그로써 신원을 보장받고 안전을 확보할 수 있다. 그런 소중한 이름을 버린다면 어떻게 될까? 위 시는 끊임없이 이름으로 규정되는 '나'의 이름 탈출기라고 할 수 있다. '나'는 '박정수'였으나 미국으로 입양되면서 '윌리엄'으로 불렸고 때론 '칭기스칸'으로 불리기도 하는 존재이다. 그러니까 '나'는 '전쟁고아' '박정수'이자 '탈영병이면서 부랑아'인 '윌리엄', 그리고 '누구에게도 불리지 않는' '칭기스칸'이기도 하지만 '박정수'도 '윌리엄'도 '칭기스칸'도 아니라는 말이다. 앞서 이름이 그 존재를 증명한다 주장했으나 '나'의 이름들은 '나'의 존재증명이 될 수 없는 것이다. '나'는 다만 '황갈색 피부와 둥글납작한 얼굴 찢어진 눈과 납작한 코를 가진' 존재로 실존할 뿐이다. 그렇기에 '나'는 '제3국에서 나만을 위한 적당한 이름을 직접 짓고 사는 게 유일한 꿈'이며 '이름 없이도 앞날에 대한 대화'를 이어갈 수 있는 사람이다. 이 같은 '나'의 행보는 상징 사회의 보호에서 벗어나 자발적 난민이 되겠다는 의미로 읽힌다. 이는 증명 불가의 불안전한 삶을 기꺼이 감수하겠다는 단독자의 모습이자 아버지의 이름에서 벗어나 자기 삶을 스스로 만들어가는 주체 의지의 발로일 것이다.

신정민의 시는 처음부터 주체가 주체를 벗어나려 하지는 않았다. 등단작인 「돌 속의 길이 환하다」(2003년 부산일보 신춘문예)에서 주체는 행동하는 주체가 아니었다. '건너지 않고 서 있는 나를 아무 말 없이 기다리는 풍경/강 건너 저쪽으로 걸어 들어'가는 것을 바라보는 주체였다. '강 건너'에서 '풍경'이 기다리고 있다는 것을 자각하면서도, 강을 건너간 '길'과 어떤 '발자국들'과 '하늘'과 '산등성이 그림자', '나무'들을 떠올리면서도' 끝내 강을 건너지 않고 바라만 보고 있었다. 그로부터 주체가 이름을 버리기로 작정하기까지 16년, 지금까지 엮은 다섯 권의 시집은 주체에서 멀어지기 위한 지난한 탈피 과정이지 않았을까. 앞서 관념을 관념 속에 가두지 않고, 끊임없이 보편규칙을 파기하는 일련의 행위들 역시 주체 탈피의 한 모습일 것이다. 이제 시의 주체는 주체의 이름을 버리고 단독자가 되려 한다.

> 바람이 사막에 대한 책임이 없듯
> 사막 또한 나의 기록에 대해 책임이 없다
>
> 다만, 모래가 몰려오고 있어
> 나는 곧 바람에 우는 사막이 될 것이다
>
> 밥에서도 모래가 씹히는 나는
> 춤추는 사막에서 사라지고 있는 나만의 좌표이다
>
> 「나의 모니터는 사막을 그리워한다」 부분

사막의 바람은 변화를 전제한다. 어젯밤 잠자리였던 모래구덩이가 모래언덕이 되거나 앞선 발자국들이 온데간데없거나, 순식간에 초기화된다. 시의 화자는 사막의 결을 바꾸는 바람의 이 같은 특징을 잘 활용해 자신을 리셋한다. '나의 기록'을 삭제하고 '바람에 우는 사막이' 되려 한다. 이는 처음부터 다시 시작하는 것이 아니라 '無'가 되는 일이다. 無는 아무것도 없기에 그 무엇에도 구애를 받지 않는데, 이는 어디로든 옮겨질 수 있는 자율적 존재라는 뜻이기도 하다. 앞서 「다나카는 다나카답게 다나카인데」에서 화자가 '이름 없이도 앞날에 대한 대화'를 이어나갔듯이 자기 자신이 '춤추는 사막에서 사라지고 있는 나만의 좌표'가 됨으로써 새로운 '나'로 거듭난다. 그의 '사라짐'이 어떤 변신을 할지 예측할 수 없기에 신정민의 시는 가치롭다.

# '명랑'에게 구멍 난 청바지를

정안나, 『명랑을 오래 사귄 오늘은』, 신생, 2021.

　　여기, '물 뚝뚝 흘리며 햇살에 걸린 꽃무늬 행주/목 비틀린 화장실에서 투덜투덜 말라가는 걸레/그 사이에서'(시인의 말) 숨을 고르는 이가 있다. 젖어 있는 것들을 신경 쓰는 바람처럼 있다. 잡히지 않는 것을 억지로 잡지 않기 위해 자세를 고쳐잡는 것이 시인의 숨 고르기라면 '그 사이'로 들어차고 빠져나가고 스치고 휘도는 것들과 시를 투명으로 묶을 수 있다.

> 가장자리쯤으로 가서 모르고 살고 싶어
> 영사관 앞은 기억을 되살리는 곳이라
> 전전긍긍하는 이는 조용히 하라고 했다
>
> (중략)
>
> 전전긍긍과 상징 사이에 소녀가 있다
>
> 늦은 영화 연극에서 알고 있다
> 오래 입을 가린 축축한 손이 있다
> 비명과 두려움에 젖을 때마다
> 서로가 고향인
> 기적을 바라며 손잡았을 열세 살 열네 살
> 짐작할 수 없는 소녀가 있다

머리 쓰다듬던 날에 가까워지자

여러 겹의 이야기는 발을 들어올린다

청동의 주먹을 쥔다


집에 가고 싶다


슬금슬금 피하며 손을 씻는다


극과 극으로 가는 기억이 있다


시작하는 소녀가 있다

「서 있는 소녀」 부분


　「서 있는 소녀」에는 '상징적' 의자와 '전전긍긍'을 바라보는 '청동'의 소녀가 등장한다. 시에서 거론하는 '영사관'은 아마도 부산 초량동에 있는 일본영사관일 것이다. 그 앞에는 '미래세대가 세우는 평화의 소녀상 추진위원회'가 2016년 12월, 부산시와 마찰을 빚으며 건립한 평화의 소녀상이 있다. 정의기억연대가 집계한 자료에 의하면 국내에는 145개의 평화비가 세워져 있다고 한다. '청동'의 소녀가 초량의 소녀가 아닐지라도 145개 평화비 중 한 소녀임은 분명하다. 시에서는 소녀의 '청동' 형상을 구체적으로 그려내지 않은 채 화자가 소녀 앞에 몰려 있는 구경꾼들을 구경하게 만든다. 구경꾼 중에는 소녀상을 불편해하는 '전전긍긍'의 모습이 있는가 하면 역사적 무게로 저울질하려는 '상징'의 모습도 보인다. 시는 이들, '전전긍긍과 상징 사이에 소녀가 있다'는 사실에 초점을 맞춘다. 일본영사관 앞 소녀는, '전전긍긍'이나 '상징'에 머물러 있는 구경꾼 입장에서는 '모르고 살고 싶'은 '청동'의 소녀이거나 '책의 기념관'에 남겨야 하는 기록으로써 평화비다. 그런데 시는 이 영사관 앞 소녀를 그들 '사이'에 배치함으로써 양쪽 모두 소녀에 대해 잘 아는 것처럼 이야기하고 있다는 인상을 준다.

시의 이 같은 구도는 시가 독자의 시선을 최종까지 잘 끌어가기 위한 방식이기도 하다. 두 집단의 착각을 전면에 배치한 탓에 독자는 같은 오류에 빠질 위험성에서 벗어날 수 있다. 더해서 두 집단 '사이'로 보이는 소녀에게 집중할 수 있다. '청동'의 소녀가 아닌, 평화비가 아닌, '짐작할 수 없는 소녀'임을 알아가는 것. '오래 입을 가린 축축한 손'을 가지거나, '여러 겹의 이야기'를 품은 채 제 몸에서 몸을 도려내던 소녀와, 소녀를 짓누르던 그 시간에 대해 당사자가 아니면 '짐작'조차 할 수 없다는 걸 헤아려보게 된다.

평화비는 앉아 있는 소녀 옆에 빈 의자가 함께 놓인 구조다. 정의기억연대의 설명에 따르면 빈 의자는 '세상을 떠난 할머니들의 빈자리이자 지금 우리가 소녀와 함께 앉아 공감할 수 있는 공간'이기에 누구든 그곳에 앉을 수 있다고 한다. 그러나 시는 '공감'의 의자를 활용하지 않는다. 누구든 그냥 서 있게 한다. 그것으로부터 '시작'이다. 제목이 '서 있는 소녀'인 이유가 여기에 있다. 빈 의자에 앉으면 소녀와 나란할 수는 있지만 뒤를 보지 못한다. 우리에게 '소녀'는 어제이자 지금인 동시에 내일이다. '짐작할 수 없는' 시간이기에 우리가 할 수 있는 일은 시작해보는 것이다. 마주 보는 자세로 고요하게 서 있어 보는 것이다.

지난 8월 14일은 "일본군'위안부' 피해자 기림의 날"이었다. 2017년 12월 국회 본회의에서 「일제하 일본군'위안부' 피해자에 대한 보호·지원 및 기념사업 등에 관한 법률」이 통과되면서 8월 14일이 공식적인 국가기념일로 확정되었다. 기념일을 8월 14일로 정한 것은 故 김학순 할머니가 우리나라 최초로 일본군'위안부' 피해자임을 공개 증언한 1991년 8월 14일을 기리기 위함이다. 8월 14일마다 8월 14일을 곱씹어 보는 일, 무수한 8월 14일의 얼굴을 떠올려 보는 일이야말로 '마주 보는 자세'이지 않을까.

'시인의 말'에서 고백하였듯이 정안나 시인은 '사이'에서 나올 생각이 없어 보인다. 이쪽저쪽 두루 살피기 좋은 포지션인 탓이다.

손 내미는 의수족 가게 지나오면서
네 동네에 손발 만드는 가게 있니
네 동네에 화장터 있니
초량동이든 당감동이든 색다른 친구처럼 불러보았어
청산가리는 좀 나누자 했지
서로 다른 동네에서 기다리던 그때
동네에서부터 싸우는 아이들은
살고 죽는 곳을 얼마나 지나쳤는지
우울한데 쓰게 되는 색은 의외로 밝은색이라 했어

엘리자베스 퀴블러 로스의 병원을 불 지른 아파트
장애인시설 앞에서 머리띠 동여매는 아파트
머리 헤쳐 풀고 무릎 꿇어도
얼굴 반쪽으로 싸우는 아파트

(중략)

맹모삼천지교의

아파트에서부터 오늘을 읽어내는 아이

색다른 친구는 서툴러

살고 죽는 것에 얼마나 서툰지

아이는 웃는데 조마조마하고

가만있어도 밝은 데 웃기까지 하는

명랑을 오래 사귄 오늘은

「동네의 표정」 부분


고시텔서 숨진 채 발견, 로열패밀리 탄생


뉴스는 전력 질주해 누가 먼저라 할 것 없이 자막으로 누워요

여자는 웃음과 울음을 키워

몇 개의 몸으로 속삭이는 중입니다


고시텔과 로열패밀리의 어디를 비워야할까요

늦은 고시텔은 상자에 빼두고 왕자를 기다리는

연속극이 뉴스인 한여름 밤은 사라지지 않습니다

「한여름 밤의 일일연속극」 부분


　　인간을 상품화하는 것은 자본주의의 기본 생리이다. 수많은 시인이
이 같은 병폐를 작품을 통해 토로했다. 그러니까 「동네의 표정」에 나타
나는 지역 이기주의나 「한여름 밤의 일일연속극」에서 거론하고 있는 이
미지 소비시대의 소외 현상은 이미 한 번씩은 접해봤을, 구태의연함에서
벗어나기 어렵다는 말이다. 정안나 시인 역시 이를 모를 리 없을 것이다.

그렇다면 상투성의 위험을 감수하면서까지 묵은 이야기를 고집한 이유가 있지 않을까.

「동네의 표정」부터 살펴보자. 시에서 이야기되고 있는 것은 분명 시 대상이 맞다. 그런데 시의 대상을 다루는 방식이 색다르다. 일반적으로 현실문제를 부각하기 위해 시의 대상이 처한 상황에 집중하는 경우가 많은데, 정안나 시인은 시의 대상이 취하고 있는 태도, 구체적으로는 표정에 초점을 맞춘다. 시에서 아이들은 자기가 사는 동네를 기준으로 편을 가른다. 이는 '엘리자베스 퀴블러 로스의 병원을 불 지'르고(엘리자베스 퀴블러 로스는 호스피스 운동의 선구자였다), 내 주거지에 '장애인시설'이 건립되는 것을 막기 위해 시위를 하는 등, 지역 이기주의의 면모를 고스란히 보여주는 일부 어른들의 모습이 반영된 것이리라. 이미 아이들의 세계에도 경제적 위계가 편 가르기의 기준이 된 것이다. 그렇기에 낯선 동네에서 만난 '맹모삼천지교의/아파트에서부터 오늘을 읽어내는 아이'의 웃음이 화자에게 각인될 수밖에 없다. '무엇을 도와드릴까요' 명랑하게 손을 내미는 의수족 가게 아이의 웃음은 '우울한데 쓰게 되는' '밝은 색'이었던 것이다.

「한여름 밤의 일일연속극」은 뉴스에서 고독사와 재벌가의 경사를 자막 뉴스로 나란하게 배치한 것에 주목한다. 두 이슈는 결코 나란히 놓일 수 없는 성질을 가진다. 그러나 뉴스는 정보 전달이 목적인 매체이므로 죽음 옆에 죽음이 놓이든 경사가 놓이든 신경 쓰지 않는다. 아나운서는 다만 죽음과 경사를 정확하게 전달할 뿐이다. 뉴스의 이 같은 배치는 마치 극적 요소를 과장하는 일일연속극을 보는 듯하다. 문제는 이 같은 상황이 연속극이 아니라 현대 사회의 한 단면이며, 이러한 '연속극이 뉴스인 한여름 밤은 사라지지 않'는다는 점에서 고독사와 같은 비극이 반복될 것임을 암시한다.

　정안나 시인이 구현하는 시세계는 간극이 크든 그렇지 않든 양편으로 나뉜다. 그럼에도 불구하고 이상하게도 이분법적인 분절로 느껴지지 않는다. 이는 앞서 살폈듯이 양쪽을 두루 살피는 중간자의 자세를 보여주고 있기 때문일 것이다. 그렇다면 시인은 왜 사이를 택한 것일까?

　　　생명을 갖고 있는 건 모두 어둠을 차고 오르는
　　　하늘터에 외따로 나를 띄워놓고
　　　한마디만 질러대는 산짐승도 묻고 있다
　　　한마디에 이름이 있어 불러주고 싶은데
　　　나는 누구인가
　　　남아있는 나도 한마디로 불러주고 싶은데

　　　눈을 마주치지 못한다는 곳에서
　　　벼락치기 하며
　　　나를 치르는 것에 대해
　　　내 몸에서 흐르고 있는 나는 누구인가에서

　　　한 번은 무단결석의 거리로 나가
　　　한마디의 큰 그림으로 길을 잡는
　　　며칠 증발하고 싶었던 거기서

　　　잘 알지 못하는 나와 그대로 있기

　　　　　　　　　　　　　　　「하늘터에서 나는」 부분

화자는 묻는다. '나는 누구인가', '내 몸에 흐르고 있는 나는 누구인가'. 이는 나는 생각하고 있기에 그것 자체로 존재의 주인이라는 이성주의 사고에 반하는 질문이면서 나라는 존재 불변성에 대한 의심이다. 화자는 자신이 '생명을 갖고 있는 건 모두 어둠을 차고 오르는/하늘터'에 있으며, 이름을 가지고 있다는 걸 알고 있다. 그러나 장소나 이름은 근원적인 질문에 대한 답이 되지 못한다. 장소로서의 '하늘터'는 '외따로 나를 띄워놓고' '며칠 증발하고 싶었던' 공간일 뿐이다. 화자가 자신을 알기 위해 선택한 것은 '잘 알지 못하는 나와 그대로 있기'인데, 나를 아는 일은 과연 가능한가.

> 산신은 호랑이를 가린다 부채는 엽전을 쫓아가며 얼굴을 가리고 훑어내린다 그 얽히고설킨 요지를 찾는 부채고 엽전이고 나는 말하며 듣는 자 뒷배경의 중심을 찢어놓는 해적판 레코드판이 돌아간다 나는 어떻고 나는 어떻고 그래도 나는 어떻고 오가는 나를 간섭하고 손 흔드는 인형을 보는 나를 받아 적으며 고개를 끄떡여야 하나 오른손을 들어야 하나 거리를 두며 내게 다가갈수록 칭찬인지 욕인지 근데, 왜 복전은 안 놓냐는 데 제멋대로 읽는 사이에 사라진 복전 그래서 나는 내가 맞는가

「나는 나의 구경꾼으로」 부분

화자는 자신을 알기 위해 무속의 힘을 빌리기로 한 듯 보인다. 무당은 '부채'와 '엽전', '인형'을 이용해서 '나는 어떻고 나는 어떻고 그래도 나는 어떻고', 화자가 모르는 화자에 대해 이야기를 풀어놓는다. 그러나 안타깝게도 무당의 접신은 효력을 발휘하지 못한다. 그 모든 행위가 화

자에게는 '제멋대로 읽는' 것으로 비쳐진다. '복전'이 무색하게 제멋대로 술술 읽고 있다고 여겨진다. 그렇기에 화자는 여전히 '나는 내가 맞는가'라는 물음을 거둘 수 없다. 그의 이름이 그의 잠버릇을 나타낼 수 없듯이, 그의 친구 관계가 그를 대변할 수 없듯이, 그의 집 주소가 그가 우는 타이밍을 알려주지 않듯이, 그가 믿는 종교와 그가 한몸일 수 없듯이……. 그를 알 수 있는 지점은 계속해서 유보되고 지체된다. 위의 시는 이 같은 주체의 불결정성을 정확하게 짚어내고 있다. 그리고 무당의 점괘에 '칭찬인지 욕인지' 헷갈려 하는 화자의 모습을 통해, 접신자의 선언을 옹알이 수준으로 전락시킨다. 이는 타자를 손쉽게 정의 내리려 드는 우리의 오만한 습관에 가하는 일침이다. 다른 방향에서 보면, 타자들에 의해 주체가 정의되는 상황이기도 하다.

정안나 시는 이제 '나는 누구인가'에 대한 답을 없앤다.

제발, 내가 아니고 싶어
나를 디자인해서 나를 만든다
이별과 격려의 시간은 같은 줄기에서
눈을 절개하고 악센토를 피부 톤을 업 하면
백옥 주사는 덤으로 뒤따르다 한마을에 사는 친구다
친구는 미인에서 개성으로
전설적인 생활이 이곳을 떠돈다

(중략)

본능은
숨겨진 내가 있는 곳을 찾는다
한 번이 두세 번의

학교를 나이를 절개하고 싶어

가시와 가면으로

가난해서 더 비싸고

가난해서 그치지 않을 것


이모 따라 다방 가고 이모 옷 입고 화장품을 뒤지던 날개에서

비행기는 일반석

통증은 곰에게 주고

구멍 난 청바지 생각을 멈출 수 없다

「부터에서 뷰티까지」 부분


화자의 '본능'은 '나를 디자인해서 나를 만'드는 '뷰티'의 순간에 깨어난다. 가장 먼저 하는 일은 '숨겨진 내가 있는 곳'을 찾는 것이다. 이때의 '나'는 '나를 디자인해서' 만드는, '뷰티'적인 '나'가 아니다. '학교를 나이를 절개'해야 비로소 만날 수 있는 '나', '이모 따라 다방 가고 이모 옷 입고 화장품을 뒤지던' 철부지 아이이다. 아이에서부터 '눈을 절개'하거나 '악센토'를 시술하며 '백옥 주사'를 '덤으로' 맞는 '뷰티'에 이르기까지 화자는 '가시'를 키우고 '가면'을 바꾸는 디자인 과정을 수없이 거쳐왔을 것이다. 여기서 디자인은 앞서 말했던 '타자에 의해 주체가 정의되는' 것을 말한다. 철이 든다는 의미는 타자를 의식한다는 뜻이며, 타자의 시선에 나를 맞추는 '응시'를 체화하는 것이다. 얼굴을 시술해서 '나를 만드'는 일련의 일들이 모두 응시의 응답인 것이다. 학교생활에 적응하는 과정 역시 학교라는 대타자의 규칙에 맞추는 것이며, 그리하여 사회의 한 구성원으로 고정된다. 화자가 본능을 깨워 '학교를 나이를 절개

하고 싶어'한 이유는 '응시'로부터 탈주하기 위함으로 읽을 수 있다. 타자의 시선에 사로잡히지 않은 자율적인, 철없던 아이로의 삶을 회복하고자 하는 욕망인 것이다. '구멍 난 청바지 생각을 멈출 수 없'다는 호소는 욕망의 증상이며, 청바지에 난 '구멍'은 자율적인 삶의 은유이다. 구멍은 또한 시집 제목인 『명랑을 오래 사귄 오늘은』의 '명랑'이 드나들어야 하는 곳이기도 한 것이다.

　그나저나 정안나 시인은 구멍 난 청바지를 몇 개나 더 가지고 싶은 걸까?

4부

/

# 견자(見者)의 일

# 눈 뽑고 숨바꼭질

채수옥, 『오렌지는 슬픔이 아니고』, 파란, 2019.

시의 눈은 늘 일상 너머를 살핀다. 눈에 보이지 않는 것을 보게 만든다는 점에서 비현실적이다. 여기서 비현실은, 시인을 견자(見者, voyant)로 본 랭보의 행보를 따르자면 현실초월이며 옥타비오 파스의 말을 빌리면 '불가사의한 현실'일 것이다. 그러므로 시의 기반은 현실 바깥이다. 바깥에서 바깥을 확장해가는 시야 넓히기라고 할 수 있다. 문제는 현실의 바깥은 언제나 현실 안에 있다는 것, 또한 시를 읽는 우리는 안팎의 경계를 보지 못하는, 즉 견자의 눈을 가지지 못했기에 시를 읽는 일에 불편함을 느낀다. 한편으로 시는 옥타비오 파스의 말처럼 '불가사의한 현실'을 보여주는 것이므로 동화(同化)되지 않고 불가사의로 남아 있어야 한다는 생각도 하게 된다. 그러니까 어떤 시는 다만 징조만으로도 충만해질 수 있다는 뜻이다.

나는 어느 공간에 진열된 일부입니까. 복사기와 빗방울 사이에서 너는 배경이 됩니까. 나 대신 새를 끼워 넣는 것은 어떤 의미가 있습니까. 공간은 무엇들로 넘쳐납니까. 가령 코끼리와 바람의 위치를 바꾸면 공간은 뒤집힙니까. 쏟아집니까. 설명서도 없이 나는 어디로 이동해야 합니까. 오늘 밤 성이 무너지면 길고 긴 어둠은 어느 쪽에 쌓입니까. 경험 없이도 너와 나는 쉽게 조립이 가능합니까. 내 얼굴을 뽑아서 너의 목 위에 끼우면 비좁습니까. 뼈를 바꾸면 그림이 달라질 수 있습니까. 비어 있는 이곳에 숲과 불면을 배치한다면 공간은 비명을 지릅

니까. 출렁입니까. 움푹 패게 됩니까. 가득 차오릅니까. 무엇을 뽑아내
면 안과 밖이 바뀌게 됩니까. 공간은 불안에 떨고 있습니까. 채우고 비
우고 바꿔 봐도 비슷합니까. 반복된 놀이는 언제쯤 끝내야 합니까.

「레고」 전문

'비어 있는 이곳에 숲과 불면을 배치한다면'이라고 하는 걸 보면 시
의 화자는 불면증을 앓고 있는 듯하다. 화자가 위치한 불면의 공간은 코
끼리, 성, 바람, 새, 어둠, 숲 등을 바꿔 배치할 정도로 광활하고 깊고 불
안하다. 이 모든 배치가 수시로 변하는 걸 보면 불면은 어제오늘 찾아온
단발성은 아닌 것으로 보인다. 이러한 병증은 잠을 향한 의지를 무시당
한다는 점에서 지독한 자기소외의 기질을 가졌으며, 그러므로 잠의 공
간을 차지해버린 대상들 역시 본인의 의지와 무관한 무의식적 상관물이
라 할 수 있다. 시의 문장들, 예를 들면 '복사기와 빗방울 사이에서 너는
배경이 됩니까'라거나 '코끼리와 바람의 위치를 바꾸면 공간은 뒤집힙
니까'와 같은 표현들이 낯설게 느껴지는 연유가 여기에 있다. '복사기'와
'빗방울'이라는 유사성 제로 상태인 뜻밖의 조합은 어느 모로 보나 황당
하다. 또한 '코끼리'를 '바람의 위치'와 바꾼다는 전제부터 감이 안 잡히
는데, 둘의 위치를 바꾸면 코끼리가 매머드급 바람에 뒤집히거나 코끼리
가 큰 덩치로 막고 있어 바람의 방향이 비틀려야 하는데 그것이 아니라
'공간이 뒤집히느'고 묻고 있다. 더해서 '내 얼굴을 뽑아서 너의 목에
끼우면 비좁느'는 물음을 어떻게 받아들여야 할까. 도대체 납득되지
않는 구성이다. 그런데 황당하게 느껴지는 배치가 도리어 불면의 상태를
적나라하게 보여준다. 불면을 경험해본 사람이라면 공감할 것이다. 아무
리 애를 써도 잠은 오지 않고 머릿속이 온통 개연성 없는 이미지들로 차

고 넘치지 않는가. 생각에 생각이 더해져 규칙 없이 증식하지 않는가. 그러니까 화자조차 예측할 수 없는 이질적인 구도와 배치는 불면의 공간성이 가진 혼란을 가장 적확하게 표현하는 방식인 것이다.

시에서 '공간'이라는 시어는 다섯 번에 걸쳐 반복적으로 쓰인다. 다른 장르도 마찬가지이겠지만 압축미를 추구하는 시에서, 그것도 장시가 아님에도 반복을 무릅쓴 이유를 유추해보자면 '공간'은 시의 배경이 되기도 하지만 무엇보다 이질적인 이미지들을 흐트러지지 않게 잡아주는 역할이다. 이는 레고 구성에서 기본 판의 역할과 같다. 레고는 직사각형 혹은 정사각형 플라스틱 모형을 끼우면서 포개어 올리는 방식으로 형상을 만들어가는 장난감이다. 기본 판 위에 성곽, 집, 망루 등 다양한 형상물을 구축한 뒤 맨 마지막에 각각의 위치에 맞게 왕, 장군, 광대, 동물 등의 모형을 끼우면 하나의 마을공동체가 완성된다. 그 외에도 잠수함, 탱크, 동물원에 이르기까지 끼우는 방식에 따라 다양한 모형물을 구축할 수 있다. 그뿐만 아니라 정사각형은 정사각형대로, 직사각형은 직사각형대로 사이즈가 같기에 왕의 위치에 동물 모형을 끼울 수도 있고, 광대 모형과 장군 모형의 자리를 바꿔 끼울 수도 있다. 개가 한순간에 왕의 자리에 오를 수 있고 왕이 개가 될 수 있다는 말이다. 여기서 불면의 공간을 나타내기 위해 레고 쌓기의 방식을 차용한 연유가 드러난다. '경험이 없어도 너와 나는 쉽게 조립이 가능하니까 내 얼굴을 뽑아서 너의 목에 끼우면 비좁습니까'라는 질문은 변화를 갈망하는 물음이다. 어떤 공간의 '일부'일 뿐이지만 일부로 자리하고 있기에 다른 부분으로 재배치될 수 있다. 그러니까 일부를 제외한 나머지 공간을 확보하는 셈이다. 이때 변화에 대한 화자의 욕망은 나머지 공간으로의 재배치에 있지 않다. 이어지는 '무엇을 뽑아내면 안과 밖이 바뀌게 됩니까'라는 물음에서 알 수 있듯이 화자가 갈망하는 최종 배치는 레고의 기본 판 바깥으로 나가는 것이다. 시의 질문형 구술법은 바깥으로의 끊임없는 두드림으로 읽을 수 있는데, 안타깝게도 타진은 실패로 돌아간다. 나를 비롯한 너로 대표되는 존재들은 나름대로 채우고 비우고 바꾸려는 변화를 시도하지만 제도권은 공고하고 그로 인해 불면의 밤은 반복되는 것이다. 그러나 두드림은 계속된다. 안을 드러내는 방식으로 바깥을 알린다.

> 액자 속에서,
> 이삭 줍는 여자들의 앞치마와 바구니 속으로
> 눈이 내려쌓이고
> 시계는 유리 밖으로 흘러내리는 중이다
>
> 식탁과 거실과 창가의 동선만으로 그려진 나는
> 액자 밖을 모른다
>
> 머릿속으로 빨강이 차오를 때까지
>
> 액자를 견디고
> 액자를 칭찬하고
> 액자를 암송하다
>
> 빗물처럼 왈칵 쏟아져 그림이 망쳐지는 순간이 오면
> 나는 삐뚜름히 사각의 귀퉁이를 열었다
>
> 그들이 움직인다

모자를 쓰고 비처럼 내리던 남자가 액자 속을 나와

카페로 간다

찻잔 속으로 지팡이를 담그고

모자로 살았던 날들을 휘휘 젓는다

염소는 흰 수염을 날리며 강을 건너가고

칸딘스키의 붉은 평면과 노란색 원들이

거실 밖으로 흩어진다


나는 최초의 돌멩이로 재배치되어

액자 밖으로 던져진다


모방될 수 없는 순간을 날아

누군가의 시선, 밖으로 사라지고 또 사라진다

「새로운 화풍」 부분


    시의 화자는 '식탁과 거실과 창가의 동선' 밖을 나가본 적 없는 상태이다. 밀레의 여자들이 액자 속에서 끊임없이 이삭을 줍듯이 액자를 '견디고' '칭찬하고' '암송'하는 것으로 자신을 액자화시킨다. 화자의 이런 액자화는 그림에 심취해 액자 속 그림과 합일을 꿈꾸는 듯 보인다. 그러나 화자에게 액자는 단지 '머릿속으로 빨강이 차오'르게 자극을 주는 매개체일 뿐이다. 여기서 '빨강'은 액자로부터 멀어지려는 의지를 드러내는 색깔이자 도발을 상징한다. 도발을 위해 화자는 액자를 '견디고' '칭찬하고' '암송'했던 것이다. 어느 순간 빨강을 쏟게 되면서 그림이 망쳐지는데, 화자는 이 순간을 기다렸다는 듯이 액자 틀을 파기한다. 울타리 한쪽을 열어 겨우내 울 안에 갇혀있던 양들을 초원으로 내모는 목동이라도 된 것처럼 그림 속의 형상들을 틀 밖으로 몰아낸다. '카페로', '강 건너'로, '거실 밖으로' 모조리 흩어지게 만든다. 이제 남은 일은 화자 스스로 견디고 칭찬하고 암송하던 동선에서 벗어나는 것이다. 「레고」에서는 기본 판을 벗어나지 못해 불면을 앓지만 위 시에서는 '최초의 돌멩이로 재배치'되어 '액자 밖으로 던져진다'. 이로써 틀에 박힌, 모방적 삶에서 벗어나 창조적 삶을 향유하게 된다. 해체와 전환을 통해 누구의 시선에도 걸리지 않는 '사라짐'이라는 새로운 화풍을 개척한 것이다. 이 시에서 눈여겨봐야 할 것은 액자 틀을 깨뜨리는 방식이다. 빨강이 쏟아져 그림을 망치게 되는 장면은 우연한 실수처럼 그려진다. 그러니까 '삐뚜름히 사각의 귀퉁이를 열'게 된 것은 실수 때문이라는 항변의 여지를 남기는데, 이는 의도적으로 실수를 유발시켜 기회의 숨구멍을 만드는 영민한 계략이 아닐 수 없다.

『오렌지는 슬픔이 아니고』는 채수옥 시인의 두 번째 시집으로 첫 시집인 『비대칭의 오후』(2014, 시인동네)의 시어에서 보이던 이질성에 서사의 축약이 더해져 시의 겹이 더 세밀해졌다. 독자 입장에서는 시편에 가 닿기 위해 시간과 정성을 들여야 한다는 말이다. 「레고」나 「새로운 화풍」에서도 느껴지듯이 채수옥 시인이 두 번째 시집에서 시를 구축해가는 방식은 유도적 '경로 이탈'이다. 끊임없이 경로에서 멀어지게 유도한 뒤 지금까지 밟아왔던 경로를 의심하게 만든다. 「거리를 뒤집어 가로수를 읽는다」에서는 '강박적인 줄 세우기'가 야기하는 문제점을 새로운 나무로 교체될 가로수를 통해 고발하고 있으며, 「버블」에서는 인간관계의 모순을 비눗방울 놀이와 합치시킨다. 「패키지」에서는 성실하게 사는 일은 뒷목이 못에 걸린 형국이며 '패키지로 묶인 할인된 상품'에 지나지 않음을 이국에서 즐기는 여행의 방식으로 이야기한다. 이런 전복적 구성으로 인해 제목의 첫인상과는 상반된 귀결에 감탄하게 된다. 또한 「레고」나 「버블」처럼 놀이를 차용함으로써 다소 난해하게 느껴질 수 있는 시를 유연하게 접근할 수 있게 유도하는 한편, 가벼운 놀이 속에 서늘한 전언을 숨겨두어 그 서늘함을 극대화한다. 독자와 숨바꼭질이라도 해보자는 심산 같은데 그 긴장감이 자못 흥미진진하다.

앞서 언급했던 시편들에서도 알 수 있듯이 『오렌지는 슬픔이 아니고』의 시들은 대체로 사회사에 초점을 두고 있다. 개인사를 다룬 작품은 손에 꼽을 정도인데, 몇 편 되지 않는 작품조차 개인사로 읽히지 않을 정도로 거리감이 느껴진다.

언제 시작된/돌림노래인가요//폭탄 돌리기입니까//뿌옇게 날아오르는 모래언덕의 비명 속인가요/전력 질주의 기차란 말입니까/무정차의 매미 울음 속인가요//혼자 돌고 있는 운동장인 것도 모른 채//돌고 돌고/꼬리가 긴 변명입니까/집을 나가 버린 호두인가요//치매에 걸린 줄도 모르고//초대받지 못한 스프링클러입니까/지느러미 달린 기타인가요//돌리고 돌려도/열리지 않는 토성의 밤입니까//손이 닿지 않는 거기와 여기 사이를 돌고 있는/당신인가요//계절이 바뀌면 치워 버릴 바람 든 무란 말입니까/헛바람 속 나는요

「선풍기」 전문

무심코 튀어나온 밥풀처럼/덧니가 예쁜,//끝없이 닫히는 꿈에 도착 중이라고 했다//둘레에서 꽃나무가 자라는 마당으로부터/난해한 기슭을 떠나는 중이라고 했다//그늘은 빠져 있기에 좋았다고/떠돌

던 영혼과 잠든 양들에 대해 알지 못한다고 했다//자신을 떠나간 복희가,/복희로 돌아올 때까지 열매를 떨어뜨리고/노래를 부르며/쉬지 않고 얼룩을 문질렀다//얼룩은 번지는 성질을 드러내며/그림자를 넓히고 방향을 바꾸어/발바닥에 묻어 있는 공터를 닦아 내기를 반복한다//질서가 없는 곳에서,/복희도 모르는 난데없는 복희가 이미지만 남은 복희가/웃거나 울었다//복희는 냉정하다/복희는 자유 발언자/퍼포먼스의 불꽃처럼 자주 깨지고 흩어졌다//깨진 불빛을 쥐고 길 밖으로 길 안으로/흘러 다니던//복희가 왔다/뜻밖의

「복희」 전문

비닐장갑을 끼고 마스크를 써야만 당신을 만질 수 있다/당신은 다만,/멍하니 허공을 바라보는 것으로 이 세계를 방치한다//위험한 물질로 분류된 내가 오래 머무를 수 없는/이곳,//시트에 묻은 혈흔 같은 얼룩들이 당신에게서 빠져나와/내게 스며든다//—꼭 너 같은 새끼 낳아서 키워 봐라//던져진 장갑처럼/펼쳐진 손금 밖으로 계단이 흘러간다/새로 태어난 눈보라가 언덕을 넘어오고, 신발 한 짝/뒹구는 수수밭에 죽은 물고기들이 떠올랐다//쪼글쪼글 껍질만 남은 감자/스스로 아가미를 열고 닫을 수 없는 당신을,/가장 치명적으로 오염시킨 내가 묻는다//—나 알아보겠어?/내가 낳은 그림자들이 내 얼굴을 침대 아래로/밀어 버린다//—시간이 얼마 남지 않았습니다//우리는 서둘러 각자의 얼굴을 주워 들고/중환자실을 떠났다

「오염」 전문

위 세 편의 시는 모두 한 사람을 이야기하고 있는 듯 보인다. 그는 「선풍기」와 「오염」에서는 '당신'으로, 「복희」에서는 '복희'로 불리는 사

람이다. 그에 대한 정보라면 복희라는 이름과 덧니가 예쁘다는 것, 그리고 치매를 앓고 있으며 중환자실에 입원 중이라는 정도이다. 시에서는 '복희'로 불리는 사람이 화자의 엄마인지 고모인지 잘 알던 이웃인지 알려주지 않는다. 60대인지 80대인지 나이대조차 언급하지 않는다. 그를 대하는 화자의 자세는 세 편 모두에서 다소 매정하다 싶을 정도로 감정을 내보이지 않는다. 다만 「오염」에서 '꼭 너 같은 새끼 낳아서 키워봐라'라거나 '나 알아보겠어?'와 같은 구어체만이 두 사람이 모녀 사이일 수 있다는 힌트로 작용한다. 세 편 중 특히 「선풍기」에서 거리감이 많이 느껴지는데, 이 시는 '선풍기'라는 사물을 대상화시키면서 그 대상을 다시 다양한 이미지로 변주시키는 와중에 숨은 대상을 슬쩍 끼워 넣고 아닌 척 시치미를 떼고 있다. 시를 읽는 입장에서는 파편적 이미지를 선풍기와 접목시키느라 자칫 진짜 대상(치매를 앓는 사람)을 놓칠 수 있는 다소 복잡한 구성이다. 채수옥 시인은 거리감을 확보하기 위해 낯설게 하기 방식으로 개인사를 풀어낸다.

그렇다면 시에서 개인사를 다룸에 있어 낯설게 하기가 필요한 이유는 뭘까. 「선풍기」를 다시 살펴보자. 일단 시에 나타나는 파편적 이미지 중 제목과 조금이라도 부합하는 것들은 반복해서 돌아가는 선풍기의 특성과 모양, 소리, 속도 등을 나타내는 '돌림노래', '폭탄 돌리기', '전력 질주의 기차', '혼자 돌고 있는 운동장' '토성' 정도로 추려낼 수 있다. 이를 치매의 특징으로 다시 살펴보면 선풍기의 특성인 '돌림노래'의 경우, 필자의 경험을 전해보자면 치매를 앓고 있는 필자의 어머니는 노래를 시작했다 하면 애창곡의 한 소절만 반복해서 부른다. 다음 소절을 알려줘도 되감기에 갈린 듯 지칠 때까지 무한 반복한다. '혼자 돌고 있는 운동장' 이미지를 떠올리면 될 것이다. 치매는 뇌가 무너지는 회복 불능의 병증이라서 기억을 갉아먹으며 아무도 모르는 세계로 끊임없이 내달린다. '전력질주의 기차'이며 '무정차의 매미 울음 속'이며 '열리지 않는 토성의 밤'인 것이다. 이로써 선풍기의 특징이라고 생각했던 모든 반응이 치매의 증상임을 뒤늦게 알게 되고 당신과 화자의 거리가 '손이 닿지 않는 거기와 여기 사이'라는 현실과 맞닥뜨리면서 우리는 그 '사이'의 가늠되지 않는 아득함을 체험하게 된다.

　「선풍기」에서 치매의 병증이 선풍기의 특질로 치환된 이중 구도였다면 「복희」에서는 '복희'가 앓고 있는 치매 증상을 '복희'로부터 전달받는 서술방식과 관찰용 카메라로 살피는 것 같은 정밀한 묘사를 병행하고 있다. 사실 「복희」에서는 「선풍기」와 달리 치매를 직접 언급하고 있지 않다. '난해한 기슭을 떠나는 중이라고 했다', '자신을 떠나간 복희가,/복희로 돌아올 때까지 열매를 떨어뜨리고/노래를 부르며/쉬지 않고 얼룩을 문질렀다'와 같은 정황만 보여준다. 그로 인해 '복희'라는 시적 대상은 자유분방하며 감정을 숨기지 않는 '자유 발언자'처럼 비쳐진다. 또한 '복희'를 묘사할 때 '예쁜', '좋았다고', '냉정하다'와 같은 인물의 감정을 파악할 수 있는 형용사와 '문질렀다' '닦다', '웃거나 울거나' 같은 역동성을 가진 동사 사용은 그가 처한 상황의 난감함을 감지하지 못하게 만든다. 더해서 '밥풀', '꽃나무', '잠든 양들', '퍼포먼스', '불꽃' 같은 시어들이 전체적인 분위기를 경쾌하고 밝게 만들어 독자 입장에서는 「선풍기」와 달리 가볍게 읽힌다 여겨질 수 있다. 그러나 '복희'가 웃거나 울고 있는 곳은 '질서가 없는 곳'인 데다가, 웃거나 울고 있는 주체 역시 '복희도 모르는 난데없는 복희가 이미지만 남은 복희'이자 '깨진 불빛을 쥐고 길 밖으로 길 안으로/흘러 다니던' 복희다. '덧니가 예쁜' 복희, '그늘은 빠져 있기에 좋았다'던 복희, '잠든 양들에 대해 알지 못한다'던 복희, '노래를 부르고/쉬지 않고 얼룩을 문질렀'던 복희는 이곳의 질서를 모르고 길을 헤매다가 '발바닥에 묻어 있는 공터를 닦아 내기를 반복'하는 치매 환자였던 것. 그러니까 시인이 경쾌하고 밝은 이미지로 시 전체를 도배시킨 이유는 도무지 잡히지 않는 존재 실체에 조금이라도 가깝게 가닿게 하기 위한 에두름 방식이었던 것이다.

「복희」에서 '복희'가 치매 환자라는 사실을 언급했다면 시의 마무리처럼 '뜻밖의' 복희로 살아날 수 있었을까. 「선풍기」에서 제목이 선풍기가 아닌 치매였다면 어땠을까. 치매를 앓는 '당신'이 어머니임을 서두에 밝혔더라면 「선풍기」에서 느껴지는 반전의 충격을 맞이할 수 있었을까. 자칫 바람 빠진 풍선에 바늘 찌르기가 되었을지도 모른다. 시에서 개인사를 다룰 때는 대상과의 관계로 인해 감정에 함몰될 위험성이 크다. 그 대상이 치매를 앓고 있는 어머니라면 더더욱 대상을 객관화하는 데 어려움이 있다. 객관화는 시 쓰기의 필수적 요소로 만약 객관화에 성공하지 못하면 고백적 일기로 전락할 수밖에 없다. 채수옥 시가 보여주는 이질적인 것들의 규합이나 에두름의 방식은 거리 확보에 있어 매우 주효한 전략이다. 그 결과로 개인사는 한 개인의 일이 아니라 우리의 '복희'로 거듭날 수 있다. '뜻밖의' 복희 출현으로 인해 치매 환자를 무겁게만 여기지 않는 새로운 시선을 배우게 되는 것이다.

문고리에 손목을 걸어 두고 너는 어디 갔나

쫓아가는 아이가 도망가는 노인 속으로 풍덩

호수는 호수를 미궁으로 빠뜨리고

오리가 지나간 호수의 빈칸엔 무엇이 들어 있나

빈칸 옆에 빈칸을 나열한 원고지는 어떤 급류를 숨기나

물 밖에 우리를 세워 두고 아버지는 천천히 빈칸이 되나

열까지 세기도 전에 아버지는 천사를 따라가나

-못. 찾. 겠. 다. 천사-

우리는 천사를 찾고 있었나

꾀꼬리는 우리를 찾고 있었나

눈물이 눈물을 찾아가는 것은 술래뿐인가

얼굴에서 눈물은 어떤 마침표로 떨어지나

마침표는 커다란 웅덩이,

흙탕물을 끼얹어 발목을 붙잡나

웅덩이를 열고 들어가면 누구의 머리카락이 보이나

보이지 않나

「실패하는 술래」 전문

이제 채수옥 시인과의 숨바꼭질 결과를 살필 차례다. 총 16연으로 이루어진 시에서 문장을 제대로 파악할 수 있는 연은 몇 개 되지 않는다. 도대체 그 의미가 잡히지 않는다. 이 시를 단번에 독해(讀解)하려 든다면

실패하는 술래의 처지와 다르지 않을 것이다. 애초부터 실패할 수밖에 없는 구조인 탓이다. 앞서 보아왔듯이 채수옥의 시편들은 대다수 독해에 실패하게끔 유도하고 있지 않았던가. 시는 보이지 않는 것을 보라고 강권하고 있다. 여기서 보이지 않는 것을 볼 수 있는 방법은 간단하다. 보이는 것을 보이지 않게 하면 된다. 옥타비오 파스는 '시는 감정적 외침이 발전된 것'이라고 한 발레리의 말을 받아 '시는 감정적 외침이 말하지 못한 것을 듣는 귀'(『활과 리라』, 58쪽)라고 했다. 보이는 것을 맹신하는 눈을 없앨 일이다. 보이지 않는 것, 말하지 못하는 것을 듣는 귀가 될 일이다.

# 조금 더 보겠습니다

김예강, 『가설정원』, 시인의일요일, 2023.

　　시인의 자질 순위를 따지자면 과도한 인내심을 첫 번째로 둬야 하지 않을까. 대상을 눈에 들이는 일은 보이는 대로 보는(see) 것이 아니라 무언가를 집중해서 보는(watch) 것을 말한다. 머릿속을 점령하고 있는 고정관념을 지우고 카메라 렌즈 감광을 맞추듯이 대상 본연의 모습을 집요하게 찾는 것이다. 이로써 대상은 스치는 풍경이 아니라 마주하는 그, 혹은 그들이 될 수 있다.

> 에코백을 어깨에 걸고 거리를 걷다 보면
> 하얀 광목을 네모로 잘라 만든 들판
> 나는 에코백이라는 선한 종족이
> 가끔 들려주는 푸가를 듣는다
> 거칠지 않은 바람으로 거리에서
> 강렬한 태양의 냄새로 거리에서
>
> 그리고 나는
> 베란다에 새장을 걸어 둔다
>
> 　　　　　　　　(중략)
>
> 하얀 천 조각이 걸린
> 베란다

작은 네모의 얼굴로
살고 있다


새의 심장 같은 붉은 저항을 푸가로 들려주며
깃발처럼 나부끼는 선한 종족 에코백족


은행 사거리에서도
지하철 역사에서도
마음을 조각조각 어깨에 메고
나부낀다

「에코백」 부분


　　위 시는 시인의 집요한 관찰과 상상이 돋보인다. 누구나 알고 있듯이 에코백은 친환경 소재의 천가방이다. 경제적인 데다가 실용성도 뛰어나 많은 사람이 애용한다. 집 앞에만 나가도 에코백을 한쪽 어깨에 걸치거나 손목에 걸고 있는 사람들을 심심찮게 만날 수 있다. 출석부를 넣기에 맞춤이라 필자 역시 즐겨 사용한다. 시인은 그런 가방을 오래도록 들여다본다. 그러자 가방은 '푸가'가 들리는 들판이 되고 '새장'이 된다. '작은 네모의 얼굴'에서 '나부끼는' '마음'이 된다. 이 거듭되는 이미지 변주는 독자에게 지루할 틈을 주지 않는다. 또 어떤 모습으로 변신할지 다음 연을 기대하게 만든다. 다섯 번째 연 '새의 심장 같은 붉은 저항을 푸가로 들려주며/깃발처럼 나부끼는/선한 종족 에코백족' 같은 경우 결의가 느껴져 함께 저항의 깃발을 흔들고 있는 듯하다. 이 같은 정동(情動)은 시인이 에코백을 단순한 광목 가방으로 치부하지 않고 오래오래 눈을 맞춘 결과이다. 관찰은 여기에서 거기로 건너가는 과정이다. 자아를 지우는 일이면서 받아들이는 자세이기도 하다. 상상은 지금 여기를 지운 자리에서 발아한다.

이 빛 속에 들면 좁다랗고 투명한 긴 잎사귀를 단 나무가 되기도
핏덩이를 갓 받아 품에 들이는 어미가 되기도
그를 내어 숨을 불어 넣는
죽이 비로소 되는

눈 감은 자들이 보여 주는 소리들
아기를 삼키고 내는 천상의 소리들
한 소리를 잡아 한 걸음 한 걸음 다가서는 빛
물이 되기도 바람이 되기도 하는

죽 한 숟가락을 떠넘길 수 있기까지
마음이 썹어 넘기는 양식이 되기까지

(중략)

가파른 계단을 올라 집에 가는 길
흰여울 길을 지난다

연일 이어지는 대설주의보

휘저은 죽,
연일 길은 갸르릉거린다 그러나 돌아가야 할 집,

집에 닿기까지,

이 폭설을 다 맞는다

「흰죽」 부분

시에 나타나는 상상의 힘은 장소가 가진 특이성을 바탕으로 한다. 시의 배경이 되는 흰여울은 부산 영도에 조성되어있는 문화마을이다. 가파른 산비탈에 자리 잡고 있으며 마을 길인 흰여울길에서 바다를 내려다볼 수 있다. 풍광이 아름다워 휴일이면 흰여울길을 지나다니기 힘겨울 정도로 관광객들이 몰려든다. 그런 곳이 온통 눈으로 뒤덮여 있으니 더 없는 절경일 터, 시인도 마을을 흰빛으로 감싸고 있는 눈(雪)에 집중한다. 이때 시인이 바라보는 흰빛은 풍경을 빛나게 하는 조경용 색이 아니라 꺼져가는 풍경을 깨우는 생명의 색깔이다. '빛 속에 들면' 흰여울마을의 소리가 들린다. '좁다랗고 긴 잎사귀를 단 나무'의 소리나 갓 태어난 아기의 울음소리, 혹은 병자의 앓는 소리 같은 살아 있는 기척을 만날 수 있다. 여기서 눈의 일은 소리를 찾아 때론 '물'로, 때론 '바람이' 되어 '한 걸음 한 걸음 다가'서는 것이다. 여기까지는 눈의 기본적인 성질을 서술하고 있기에 감흥은 크지 않다. 그런데 '숨을 불어 넣는' '죽'이 된다고 한다. 이제 막 몸을 푼 어미에게나 '눈 감은 자들'에게 '죽 한 숟가락을 떠'넣어 주는 일, '마음'의 '양식'이 되는 일을 한단다. 눈(雪)의 빛이 눈(眼)빛을 살리는 순간이다. 그렇기에 화자는 '연일 이어지는 대설주의보'에도 불구하고 '가파른 계단을' 오르고 '흰여울 길을' 지나 기어이 집으로 간다. 가는 동안 끊임없이 내리는 '폭설을 다 맞는다'. 시의 핵심 소재인 눈(雪)에서 흰죽으로의 연결은 모양과 색이 결정적인 역할을 했겠으나 흰여울이라는 공간적 이미지와의 접점 때문에 그 깊이의 진폭이 크다. 시인의 눈에 비친 흰여울은 유명세를 타는 관광지의 모습이 아니다. 관광지의 소란에 묻혀버린 소리가 있는 곳이다. 그 소리를 되살리는 역할을 하는 것이 바로 흰죽, 즉 눈(雪)이다. 온통 눈으로 뒤덮힌 덕분에 흰여울은 고요해졌고 이로써 마을 본래의 소리가 살아날 수 있게 된다. 시인은 이 같은 상황을 '죽 한 숟가락' 떠먹이는 행위로서, '숨을 불어 넣는' 일임을 말하고 있다.

앞서 살핀 「에코백」이나 「흰죽」에서도 알 수 있듯이 『가설정원』의 일부 시들은 대상에 대한 집요한 눈맞춤이 시를 구축하는 동력이 된다. 그러나 한편으로는 응시로부터 탈출하려는 시도이기도 하다.

그는 검은 옷을 입고 출근한다
빨주노초파남보 색들이 잠자고 있는 검은색
다른 사람이 되는 것을 지켜 주는 검은 옷은
평안하다 빛들이 쉬고 있는 검은 옷
3개월 수습사원인 K
파산했고 혼밥하는 원룸 창가에 초록 화분이 자란다
수생식물을 배 위에 올려놓고 연못이 키우고 있다
바깥은 춥고 안보다 따스하다
그는 그림을 그리다 잠이 든다
어느새 머리에 5cm 돋아난 새싹이 자란다
입을 벌려 본다 기뻐하는 사람처럼
다리는 얼굴에 붙어서 작아지고
두 팔도 얼굴에 붙어 작아진다
무엇에 경이를 드리는 듯

무릎을 구부리고 식물 앞에 쪼그리고 앉는다

다른 무엇이 되려고 한다

「수습사원 재단사 K」 부분


새는 날아오르지 않고 정원의 나무에서

해변으로 창이 열린 길을 걸어

모자를 날려 보내는 바람의 손을 잡고

새소리를 올려 보내는 길을 걸어

수천 개 문이 열리고 닫히는

나선형의 난간 파도와

이마를 맞대고 바다의 눈꺼풀을

깨울 수 있는 곳으로

우리가 어떤 사람이 되지 않는 곳으로


(중략)

모자도 구름도 우산도 머리띠도 깊은 바다 속으로

날려 버리는 해변으로

새 소리를 올려 보내는 정원에서

나선형의 난간으로

우리가 어떤 사람이 되지 않는 곳으로

「12살 마태오의 해변」 부분


위 두 시는 각각 한 존재가 자기 존재성을 벗어나려고 한다. 「수습
사원 재단사 K」의 경우, 이제 막 재단사가 된 'K'는 '검은 옷'을 입고 출

근한다. '검은색'은 여러 색을 혼합했을 때 만들어지는 색으로 시인의 표현대로라면 '다른 사람이 되는 것을 지켜 주는' 옷이다. 결과적으로 검은 옷은 여러 색깔을 포함하므로 규정되지 않기에 '다른 사람이 되는 옷'인 것이다. 시에서는 또한 잘린 천 조각들이 수생식물의 잎처럼 바닥을 떠다니거나 도마뱀이 꼬리를 자르고 도망치는 형국으로 묘사하여 재단 행위 이면을 부각시킨다. 원래 재단은 도안대로 옷을 만드는 일이지만 한편으로는 도안이라는 틀에서 틀 바깥을 독립시키는 탈주의 행위가 될 수 있음을 이미지로 보여준다. 이뿐 아니라 'K'의 재단 행위를 자기 자신을 재단하는 것으로 치환하고 있는 탓에 그의 모습은 서서히 변화한다. '머리에' '새싹이 자'라고, '다리'나 '두 팔'이 '얼굴에 붙어 작아진다'. 기본 형상이 뭉그러지면서 '다른 무엇이 되려고 한다'. 그 자신에서 멀어진다.

「12살 마태오의 해변」 역시 「수습사원 재단사 K」와 같은 방향성을 보여준다. 화자가 가려는 곳은 '수천 개 문이 열리고 닫히는/나선형의 난간 파도와/이마를 맞대고 바다의 눈꺼풀을 깨울 수 있는 곳', 즉 '12살 마태오의 해변'이다. 그런데 화자가 그곳으로 가려는 이유는 '어떤 사람이 되지 않는 곳'이기 때문이다. 이때 '어떤 사람이 되지 않'기 위해서는 '모자도 구름도 우산도 머리띠도' 없어야 하는데, 그 모든 것을 '깊은 바다 속으로/날려 버리는' 곳이 '12살 마태오의 해변'이다. 여기서 '모자', '구름', '우산', '머리띠' 같은 것들은 화자가 되고 싶은 대상이 소유한 것들이다. 시의 전문을 보면 한 연짜리 시의 도입부와 후반부는 '우리가 어떤 사람이 되지 않는 곳으로'로 정리하고 있으며 중간부는 네 번에 걸쳐 '어떤 사람이 되는 곳으로'를 반복한다. 이를 부제 '감정들'과 연결하면

'12살 마태오의 해변'으로 가는 길은 어떤 사람이 되지 않으려는 절제와 어떤 사람이 되려는 욕망이 서로 줄다리기를 하는 여정임을 반복을 통해 이야기하고 있다. 이때 '어떤 사람이 되지 않는 곳'을 서술하는 방식은 그곳으로 가는 과정으로 보여주는 한편, '어떤 사람이 되는 곳'은 그 '어떤 사람'의 모습에 집중한다. '머리띠를 두르고 난간에 앉아 있'거나 '모자를 옆으로 돌려' 쓰거나 '두 눈이 다이아몬드처럼 반짝이는' 등 이미지를 강조해서 '어떤 사람'의 모습을 구체화한다. 누군가가 되는 일은 눈에 보이고 그려지는 것이지만, 누군가로 되지 않는 일은 가시적인 형상으로 잡히는 것이 아님을 말하고 있다. 결국 '우리가 어떤 사람이 되지 않는 곳으로'를 마지막 행으로 배치하면서 '12살 마태오의 해변'은 지향하는 누군가를 만날 수 있는 곳이 아니라 그 자신이 그 누군가로 되지 않는, 규정으로부터의 자유를 선언하는 장소임을 알리고 있다. 우리가 만약 12살로 돌아간다면 누군가로 되지 않기 위해 뜯어내거나 지우거나 찢어버려야 할 우리라는 쓰레기더미는 얼마나 거대할까.

김예강 시인의 고정관념을 깨는 작업은 『가설정원』에 실린 여러 시에서도 발견된다. '이미 이곳은 없어진 곳에서/깨어나기 시작한다 어깨 한쪽이 기울어지고 있었다'(「선잠」)처럼 공간 구분의 무의미를 설파하거나 '흔들리는 집을 흔들리지 않을 집을 지을 것이다'(「언니」)처럼 상반된 개념을 한 데 뒤섞어버린다. 이러한 방식은 결과가 예측되지 않기에 시를 읽을수록 궁금증이 커진다. 낯선 나라를 여행할 때 기분처럼 약간의 긴장감까지 더해져 읽을 맛이 난다. 그러한 특징을 잘 보여주는 작품이 표제시 「가설정원」이다.

도시는 딱딱하고
싱싱한 꽃이 피었다
망망 초원이고
게르이고
검고 작은 씨앗이고
누구의 배꼽

도시는 싱싱한 꽃을 팔았다
가설했다 도시는 향기를 가설하고
가을을 가설하고
가설한 행복을 심었다

도시에 사이렌이 울고
가설정원은 개장했다
정원 관람객은
시들지 않는 꽃들을
관람했다

유랑극단 서커스를
상상하고 나는
수직정원 꽃들을 소비했다
꽃을 사러 왔나요 핸드메이드
꽃들은 신발을 벗지 않았다
벽에 붙은 꽃은 뛰어내리지는 않았다

「가설정원」부분

이 시를 읽고 필자가 처음 떠올린 것은 층층으로 빛나는 아파트 밤 풍경이었다. 어두울수록 화려해지는 도시의 야경은 시드는 법이 없지 않은가. 차창 밖으로 보이는 거대한 불꽃향연은 현혹이다. 볼 때마다 도시의 또 다른 얼굴을 망각하게 만든다. 시인은 도시가 가진 이 같은 아이러니를 '가설'로 설정한다. 누군가에게 도시는 가능성으로서 '초원'이자 '게르'이며 싹을 틔울 '씨앗'이자 생명을 이어주는 '배꼽'이다. 그로부터 '가설'은 시작된다. '향기를 가설하고' '가을을 가설하고' '가설한 행복을 심'는다. 이렇게 잘 짜인 각본처럼 환상은 구축된다. 도시는 '가설 정원'으로써 임무를 다하고 사람들은 지지 않는 꽃을 쫓는다. 이때 가설 정원을 평지가 아니라 '수직'의 정원으로, 꽃이 붙어 있는 곳 역시 '벽'으로 설정하면서 시는 틈을 확보한다. 시는 환상 가설이 시를 구축하는 방식이지만 은근슬쩍 삶의 상황을 끼워 넣으면서 현실을 직시하게 만든다. 도시가 유도하는 환상은 결국 가설(假說)을 바탕으로 한 가설(假設)의 형상물임이 입증되는 순간이다.

시의 전언은 대체로 긍정보다 부정의 색이 짙고 통각을 건드린다. 그것이 시를 읽을수록 마음까지 발가벗겨지는 느낌을 받는 이유이다. 그럼에도 다시 시집을 펼치는 것은 나 또는 너의 민낯을 마주하거나 여기와 거기의 가름막을 찾는 일일 것이다. 그러므로 자세히 봐야 한다. 자세히 보면, 잘 알게 된다기보다 자세히 봄으로써 뭐든 더 알게 되기 때문이다. 오늘은 그런 기분으로 여기 한옆으로 건너편으로 노랗게 퍼져나가는 오늘을 만끽한다.

# 수국을 견디는 천 개의 장

전다형, 『사과상자의 이설』, 상상인, 2020.


    요즘 안면인식장애인가 싶다. 분명 어제 이야기를 나눈 사이임에도 처음 본 얼굴 같다. 필자가 강의 중인 학교에서는 22년 2학기부터 전면 대면 수업으로 전환하여 2년 만에 강의실에서 학생들과 만날 수 있게 되었다. 수업을 비대면 온라인으로만 하다가 학생들과 직접 마주하니 왠지 낯설고 서먹했다. 거리감부터 없애야 할 것 같아 전자출결 방식임에도 한 사람 한 사람 이름을 부르며 눈을 맞추었다. 그런데 한 달이 지나도 얼굴과 이름이 겹쳐지지 않았다. 마스크를 쓴 탓일까. 누가 누군지 파악이 되지 않았다. 눈이 그 사람을 다 담고 있다는 문장은 얼마나 거만한가. 이름과 얼굴 이미지를 겹치는 것으로 사람과 사람 사이를 없애려 했던 필자의 행위는 또 얼마나 무례한가. 안면인식장애는 타자를 새롭게 마주하는 초례식이라는 것을 뒤늦게 깨달았다. 『사과상자의 이설』의 몇몇 시들은 중증 안면인식장애 증상을 보인다. 마주하는 것들을 마주 보이는 이미지에 가두지 않는다.


    어떤 사과를 담았던 것일까

    골목에는 각들이 없다

    홀가분하게 속을 비워낸 상자가 각에 대해 각설

    어제를 치고 오늘을 박다 뽑은 못

구멍 숭숭한 사과상자 눈에 밟혔는데

사과가 사회로 읽혔다

(중략)

아프면서 큰다는 말, 싸우면서 정든다는 이설

옹이에 옷을 걸고 햇살 쪽으로 기운 나이테를 읽자

빈 사과상자 부둥켜안고 끙끙거린 내 안의 사과가 쏟아졌다

사과밭 모퉁이를 갉아먹던 사과벌레가 내 늑골 아래 우글,

다 파먹을 요량이다

사과가 내 알량한 고집을 잡고 늘어졌다

사과를 비운 상자는 성자다

꺾인 전방 마주 선 내 볼록 눈거울이 맵다

「사과상자의 이설」 부분


    사과(沙果)를 비운 사과상자는 사과상자가 아니다. 사과에서 벗어난 상자다. 그렇기에 무엇이든 가능하다. 신문의 '사회'면이거나 누군가의 내면, 또는 '성자'가 될 수 있다. 스무 알 남짓한 사과(沙果)가 무한대였다. 시는 사과상자라는 인식을 없앰으로써 '이설'의 발을 뻗게 된다. 화자를 '끙끙' 앓게 만든 사과(謝過)로 옮겨간다. 그러니까 시의 초반 '홀가분하게 속을 비워낸 상자'는 사과(沙果)를 비운 사과상자이며, 후반의 '사과를 비

운 상자'는 화자의 몸(정신)인 것이다. 동음이의어를 활용한 '이설'의 과정은 화자가 사과가 되는 과정인 동시에 사과상자를 지우는 상황이라고 할 수 있다. 그런 중에도 상자는 또 다른 행로를 잡는다.

눈에 밟힌다 쓰고 발레리노라 읽는다
습자지라 쓰고 김수영이라 읽는다
학이라 쓰고 외등이라 읽는다
바람이라 쓰고 허물이라 읽는다
꽃이라 쓰고 상처라 읽는다
우물이라 쓰고 아픔이라 읽는다
나무라 쓰고 월계관이라 읽는다
전봇대라 쓰고 아버지라 읽는다
초승달이라 쓰고 활이라 읽는다
방아쇠라 쓰고 눈총이라 읽는다
자전거라 쓰고 우산이라 읽는다
삽이라 쓰고 밥숟가락이라 읽는다
밥줄이라 쓰고 지옥이라 읽는다

「비문증」 전문

위 시는 한마디로 오독을 나열한다. 쓰는 것을 쓴 대로 읽지 않는 것은 '비문증'을 앓고 있기 때문이며, 그렇기에 병증이 깊을수록 시적 효력을 지닌다. 하지만 몇몇 서술은 모양이나 재질, 습성의 유사성에 근거를 두고 나열하는 탓에 그 효력이 미미하다. 독자에게 사유 공간을 만들어 주지 못하고 있다. 나머지 몇몇 '바람'에서 '허물'까지, '꽃'에서 '상처'까지, '우물'에서, 아픔'까지, '방아쇠'에서 '눈총'까지, '자전거'에서 '우산'까지, '밥줄'에서 '지옥'까지는 서로 간 생경하다. 넓은 간극은 이유를 찾게 만드는데, '방아쇠'를 '눈총'으로 읽을 수밖에 없는, '자전거'를 '우산'으로 읽어야만 하는 필연을 찾게 한다. 이로써 '방아쇠'는 '눈총'에 가닿기 위해 '방아쇠'의 개념을 넘어서게 되며 '자전거' 역시 '자전거'에서 벗어나 '우산'까지 내달리게 된다. 두 단어 사이에서 유동하는 무수한 이야기며 몸짓이며 소리 등을 읽어내는 것은 '비문증'이라는 병증의 은유를 읽는 일이며, 그것은 또한 시의 시간을 체험하는 자세이기도 하다.

> 슬픈 열대는 계속된다 천 개의 고원을 넘어도 천 개의 장이다 검은 태양은 여전히 검은 태양, 미친 진실은 여전히 미쳐 있고 고도는 아무리 기다려도 오지 않을 것이다 보이는 것과 보이지 않는 것을 알기까지 지식의 백과와 생각의 탄생과 상상력 사전에 눈 거름 내는 새벽, 기다려도 옥타비오 파스는 오지 않았다

「슬픈 열대」 4장 전문

위 시는『사과상자의 이설』에 실린 「천 개의 장」에서 언급하고 있는 1장부터 4장까지 중에서 마지막 4장의 내용이다. 「천 개의 장」을 살펴보면, '시는 앎이고//구원이며//힘이고//포기이자//춤이다//옥타비오 파스 1장//침묵의 나선형 2장//소신공양 3장//슬픈 열대 4장'으로 구성되어 있다. 이 중 5연까지는 옥타비오 파스의 시에 관한 이론서『활과 리라』의 서문 중 일부를 인용한 것이다. 결국 '천 개의 장'은 시를 기다리거나 시의 시간을 견디거나 시를 알아가는 인고의 장으로써의 은유라고 할 수 있다. 전다형 시인은 이 같은 시의 길을 노마드의 행보로 그리고

있다. 시에서 '천 개의 고원을 넘어'섰다는 것은 '옥타비오 파스'나 '나선형', '소신공양'에 안주하지 않았다는 뜻이다. 그렇기에 '슬픈 열대는 계속'되며 '천 개의 고원을 넘어도' 여전히 '천 개의 장'은 남아있다. 한편으로 그것은 '아무리 기다려도' 끝내 '오지 않을' '고도'이다. 새롭게 발을 뻗어 '고도'를 향해 나아가는 또 하나의 '장'인 것이다.

이 같은 행보는 『사과상자의 이설』의 방향성이기도 하다. 전다형 시인은 이를 직접적으로 언급한다.

바람(風)이 이삿짐 싼다

우주를 모시는 게르 한 채

전 재산 탈탈 털고 뼈로 쓴 혈서

영토를 넓히는 민들레 홀씨의 방식

앉은 자리가 다 꽃방석

부웅↗바람(希望)이 시동을 건다

「리좀」 전문

위 시는 이미 제목으로 알려주고 있는 탓에 '영토를 넓히는 민들레 홀씨의 방식'이 새롭게 와닿지는 않는다. 다만, 그러한 평을 감수하면서까지 단도직입으로 선포해버리는 시인의 태도에 눈길이 가는데, 이는 어쩌면 '천 개의 장'을 넘어가기 위한 숨비소리일지도 모른다.

가난이 온몸을 친친 감을 때

수미산 꼭대기에 매달려
북두칠성 하나 몸에 새기고
가장 열악한 환경에서 살아남은 므두셀라

모래언덕 위에 물구나무로 서서
몸에 맺힌 물방울 받아먹는
나미브 사막의 거저리

지구에서 가장 오래 사는
이천오백 년 된 웰위치아

한 모금의 물을 찾아
몇 만 킬로 사막을 넘는 낙타

수천수만 주름을
접었다 펼치는 애벌레

하루에도 칠십만 번
자기를 갈아엎는 파도

제 몸 구석구석 후벼 파고 울어야 한다

「첫 꽃을 피우려고」 전문

'므두셀라', '거저리', '웰위치아', '낙타', '애벌레', '파도'는 '천 개의 장'의 또 다른 모습이다. 전다형 시인은 '므두셀라'에 관해 그의 시 「숲만의 숲」에서 자세히 설명한다. 이에 따르면, 수령 4,767년의 세계에서 가장 오래된 나무로 숲만의 숲에 있다고 한다. '므두셀라'는 존재 자체만으로 시간을 견뎌낸 역사인 것이다. '웰위치아'나 '거저리'는 생소해서 사전을 찾아보니 '웰위치아'는 사막에서 서식하는 식물로, 때론 죽은 것처럼 보이지만 그러한 모습으로 '이천오백 년' 동안 생명을 이어오고 있다고 한다. '거저리'는 '나미브 사막'에 사는 사람 손톱만 크기의 딱정벌레로, 한낮이면 70℃에 육박하는 사막의 열기를 견딘다고 한다. 이들은 몸에 새기는 방식으로 시간을 견디거나 '물구나무'라는 몸을 활용하는 방식으로 열기를 수용한다. '낙타'의 수행과 '애벌레'의 반복된 몸짓, '파도'의 습성 또한 견딤이 아니고는 설명할 길이 없다. 그렇다면 시인은 왜 그들을 주목한 것일까. 이는 전다형 시인이 시와 교접하는 방식이기도 하다. 큰 숨을 토하며 '천 개의 장'을 넘는다. '보이는 것과 보이지 않는 것을 알기까지'(「슬픈 열대」), 끝끝내 '천 개의 장'을 만날 때까지. 그 과정은 시인의 표현대로 '4,767년'의 시간이자 '수천수만'의 반복이다. 당연한 말이지만 시를 쓰지 않으면 시인일 수 없다는 점에서 시인이 시인을 견디는 것은 예사로운 일이 아님은 분명하다.

　　　산마루에 앉아 수국과의 거리를 보면
　　　울컥, 밥솥 물 넘쳐 발그레진다
　　　목탁소리가 물소리 따라 마을로 내려가고
　　　산사의 놀이는 그런 것, 죽네 사네 하는 것
　　　수국과 수긍 사이

침묵과 묵언의 범람 그 언저리에서

글썽한 오늘이 평생 수국으로 살겠지

잘 사니?

불어오는 안부 창문에 붙여놓고 설렌다

안녕! 안녕? 묻는다는 것은

그대와 나 조촐한 겸상 받아놓고

밥숟가락 달그락거리고 싶다는 것

(중략)

밤낮 불어오던 오랜 안부처럼

삼삼한 계절이 행간을 몰아올 때

무조건적으로 수국이 핀다

「글썽이는 행간들」 부분

'천 개의 장'을 향하여 탈주에 탈주를 거듭하는 과정은 오로지 혼자
만의 행로라서 지난하고 허허롭고 고독하다. 그래서 늘 허기를 느낀다.
탐스럽게 핀 수국 앞에서 '겸상'을 떠올릴 수밖에 없는 것이다. 시에는
시인을 견디는 시인의 고독이 배어 있다. 마주 앉아 '밥숟가락 달그락거
리'면서 '죽네 사네 하는' 일상은 수국이 피는 계절처럼 '무조건적'이지
만, 누군가에게 무더기무더기 핀 꽃은 함께 퍼먹기를 거부한, 자처한 외
로움이다. 그것은 또한 외로움을 곧추세워 시로 변모시키는 시인의 생존
방식이기도 하다. 그렇기에 '무조건적'인 만찬 앞에서 왈칵 허물어질 수
없어 '글썽'이고만 있다.

가을이 지체되더라도 수국이 좀 오래 피어 있었으면 한다. 시인이
시인일 수 있도록, 시와 함께 오래 외로울 수 있도록.

# 사진과 부목

유진목, 『식물원』, 아침달, 2018.

숲에 들면 숲 사이를 볼 수 있다. 아름드리 전나무와 아름드리 전나무 사이 산벚나무가 있다. 싸리나무 군락지 옆에 억새가 몰려 있다. 나무는 나무 옆에 있고 그 사이로 씀바귀가 자라고 버섯이 몸을 넓힌다. 어떤 사이든 옆에 있다. 옆은 옆이 있다는 것만으로 신경 쓰이는 자리이다. 상대에 따라 안심하거나 걱정스럽거나 든든하거나 조마조마하다. 유진목 시인은 이런 옆의 정서를 시에 고스란히 담고 있다. 그들 사이를 배회한다.

살면서 가장 슬펐을 때가 언제냐고 물었더니 나 같은 사람이 한둘이 아니라고 하더군요. 사람은 왜 그런 걸 궁금해하냐고 해요. 나는 몇 번째냐니까 몇 가지 떠오르는 일이 있나 봅니다.

무슨 생각해?

그는 가지 끝을 떨구고 한참을 울었습니다.

우리 엄마는 너처럼 고운 빗을 가지고 있었어. 그걸로 내 머리를 빗겨주었거든. 널 보면 그때 생각이 나.

그건 마치 바람이 불어서 네가 흩어지는 것과 비슷한 거야.

그는 좋았던 이야기를 생각하며 나무 아래 서 있습니다.

「32」 전문

위 시는 자귀나무에 대해 이야기한다. 자귀나무의 잎은 깃모양겹잎으로 좌우가 같지 않은 긴 타원형으로 이루어져 있다. 멀리서 보면 결이 촘촘한 참빗처럼 보인다. 시는 이 같은 자귀나무 잎의 특징을 잘 녹여내고 있어 어렵지 않게 읽히는 듯하다. 시의 구성은 화자가 '그'로 지칭되는 자귀나무와 대화를 나누는 방식이며, 어머니가 자신의 머리를 빗겨주던 때를 떠올리며 '그'가 감회에 젖는 내용이다. 그러나 스토리가 단번에 그려진다고 해서 시를 서사로만 해석해버린다면 오산이다. 이 시는 스토리보다 감정에 집중할 필요가 있는데 슬픔의 감정이 도입부에, 좋음의 감정이 마무리에 배치되어 있다. 화자는 '그'에게 '살면서 가장 슬펐을 때가 언제냐'고 묻고, '그'는 '가지 끝을 떨구고 한참을 울'고 난 뒤 좋았던 이야기를 생각하며 나무 아래 서 있'다. 좋았던 이야기는 앞서 언급했듯이 어머니가 머리를 빗겨주던 때이다. 그러니까 '살면서 가장 슬펐을 때'는 '좋았던' 때를 떠올리는 순간인 것이다. 시인은 그 순간의 느낌을 '그건 마치 바람이 불어서 네가 흩어지는 것과 비슷한 거야'라고 표현한다. 그 의미를 짚어보자면 좋았던 기억을 지금 여기에 소환하는 순간 그 기억은 순식간에 흩어져버린다는 의미로 읽히기도 하고, 지나고 보니 좋았던 그때는 한순간이며 영원하지 않다고 읽히기도 한다. 어느 쪽으로 읽히든 가장 슬픈 지점과 가장 좋았던 지점이 겹쳐진다는 점에서 시의 울림은 배가 된다.

시의 또 다른 특징은 '그'와 화자를 구분하기 어렵다는 점이다. 앞서 시의 구성을 언급할 때 '그'로 지칭되는 자귀나무와 사람인 화자가 대화를 나누는 방식이라고 했으나, '그'를 온전히 자귀나무로, 화자를 사람에 대입하기 어려운 지점이 있다. 화자가 '살면서 가장 슬펐던 때가 언제냐'고 묻자 '그'는 '사람은 왜 그런 걸 궁금해 하냐'라고 답하는 첫 번째 연의 경우, 화자는 '그'의 말처럼 사람이며 '그'는 자귀나무일 가능성이 크다. 두 번째 연인 '그는 가지 끝을 떨구고 한참을 울었습니다.'의 경우도 '그'를 자귀나무로 상정하고 있다. 그러나 세 번째 연에 다다르면 대화 당사자들의 위치는 모호해진다. '우리 엄마는 너처럼 고운 빗을 가지고 있었어.' 같은 경우, '그'의 엄마, 그러니까 자귀나무의 엄마 자귀나무가 빗을 가지고 있다는 것이니, '그'가 자귀나무라는 사실은 변함이 없지만 '그'가 '너처럼'이라고 했기 때문에 화자 역시 '고운 빗'을 가지고 있는 것으로 여겨진다. 물론 화자가 참빗 같은 것을 가지고 있을 수도 있겠으나 시적 정황상 '그'가 바라보는 '너' 역시 깃모양겹잎을 가진 자귀나무가 아닐까 유추해볼 수 있는 지점이다. 두 상대의 모호한 위치는 마지막 연에서 역전된다. 시는 '그는 좋았던 이야기를 생각하며 나무 아래 서 있습니다'로 끝을 맺는데, 마지막 문장에서 알 수 있듯이 지금껏 자귀나무로 알고 있던 '그'라는 존재는 '나무(자귀나무) 아래 서 있'는 화자를 지칭하였다는 걸 깨닫게 된다. 결과적으로 자귀나무로 지칭되는 '그'와 '너'로 불리는 화자의 대화 형식을 띠고 있으나 자귀나무 아래에서 엄마가 고운 빗으로 머리를 빗겨주던 좋았던 시절을 화자가 회상하는 시인 것이다. 그것이 어떤 나무든 간에, 나무가 불러일으키는 정서가 있다. 나무 아래 혹은 옆에 있으면 혼자라는 생각은 사라지고 괜히 말하고 싶거나 눈물을 흘리게 되는 현상, 그것이 곁이 되어주는 나무의 힘일 것이다.

그가 기억하는 것은 그늘에 앉아 잠시 쉬었다는 것. 이 땅은 조금씩 흔들리면서 열기를 밀어낸다. 그는 그을린 물소 같았고 물처럼 그림자는 일렁이고 있다. 언젠가 그는 그런 광경을 본 적이 있었다. 그런 곳이라면 짐승에게 먹힐 수도 있었다.

거기까지 생각하고 그는 고개를 저었다. 이쯤이었다고 생각했는데. 풀섶을 헤치고 앞으로 그는 앞으로 가고 있다. 부풀어 오른 가슴이 쇠 쇠 하고 울었다. 오른쪽에서. 아니 왼쪽에서. 그는 방향을 잃은 것 같다.

그러지 말고 나하고 같이 가자꾸나.

물소는 이따금 고개를 돌려 그의 얼굴을 바라보았다.

「36」 전문

위 시는 '우산가시나무'를 소재로 하고 있다. 나무는 그늘을 만들고 누군가는 그 그늘에서 쉬었다는 것이 유일한 방향일 수도 있다. 나무는 어느 방향에서 오든, 어느 방향으로 가든 이정표가 되어준다. 방향을 잃은 상황에서는 거기 있다는 것만으로 한 줄기 빛이 된다. 시의 장소적 배경은 곧 화산 폭발이라도 있을 것처럼 땅에서 열기가 올라오고 있으며 흔들리기까지 한다. 이렇게 위태로운 상황 속에서 '그'는 '풀섶을 헤치고 앞으로' '앞으로 가고 있'지만 '방향을 잃은 것 같다.' 그런데 한순간 빛이 보인다. '그러지 말고 나하고 가자꾸나.' 물소가 '고개를 돌려 그의 얼굴을 바라'본 것이다. 여기서 물소는 뿔이 있고 몸집이 큰 일반적인 물소를 의미하기보다는 '그'가 갈망하던 대상으로 봐야 한다. 그러니까 '그'의 기억 속에 남아있던 '그늘'이거나 그늘을 드리운 '우산가시나무'이거나, '이쯤이었다고 생각했는데' 짐작되는 곳에 없어서 헤매던 중에 우연히 맞닥뜨리게 된 삶의 이정표가 아닐까. 이는 숀탠의 그림 속 물소와 그 역할이 다르지 않다.

　오스트레일리아 출신의 일러스트레이터 숀탠의 그림소설집인 『먼 곳에서 온 이야기들』에 실린 15편의 작품 중 첫 번째 이야기인 「물소」는 거대한 뿔을 가진 적갈색 물소가 왼쪽 발굽을 들어 왼쪽 어딘가를 가리키는 그림과 그림을 받쳐주는 한 페이지 정도의 이야기로 구성되어 있다. 내용을 살펴보면, 빈터에서 지내는 물소에게 무언가를 물어보기라도 하면 물소는 왼쪽 발굽을 들어 정확한 방향을 가리키기만 할 뿐이다. 그러자 사람들은 더 이상 물소를 찾지 않게 되고 얼마 뒤 물소도 빈터를 떠나게 되는데, 뒤늦게 물소가 가리켰던 데로 가보면 무언가를 발견하게 되고, 그것에 대해 놀라고 기뻐하며 안도감을 느끼게 된다는 이야기이다. 그러니까 숀탠이 공터를 꽉 채울 정도로 커다랗게 그려 누구나 쉽게 인식할 수 있게 그렸음에도 물소는 실재하는 동물이 아니라 누군가의 꿈이거나 성취하고자 하는 목표 또는 삶의 방향성이었던 것이다. 꿈이나 목표, 어떻게 살 것인가 같은 고민은 사람마다 다르다. 그렇기에 물소는 '자기가 뭘 가리키는지, 그곳까지 얼마나 걸리는지, 그곳에 도착해서 뭘 해야 하는지에 대해서는 한 번도 말해 준 적이 없'(『먼 곳에서 온 이야기들』, 6쪽)는 것이다. 「36」이 짧은 시임에도 불구하고, 「물소」가 짧은 이야기임에도 불구하고 두 작품은 공통적으로 물소의 의미를 분명하게 드러내지 않는데, 강렬하고 거대한 물소의 시각적 이미지를 일부러 전면에 배치해 오래 곱씹도록 하기 위한 목적이 아닐까. 그것이 바로 두 작품의 매력이기도 하다. 삶이 혼란스러울 때면 「36」 속 한 마리 물소처럼 보이는 우산가시나무의 그늘이 거대한 길라잡이가 되기도 하고, "도대체 물소는 어떻게 알았지?"라는 「물소」의 마무리 문장처럼 물소가 가리키는 방향 끝에 도착한 뒤에서야 방향을 가리키던 물소가 삶의 이정표였음을 알게된다.

『식물원』 앞쪽에 배치된 스무 장 흑백사진은 유진목 시인에게 또다른 '물소'이지 않을까 싶다. 사진은 비둘기들이 모여 있는 광장 같은 곳에 한 남자가 쪼그리고 앉아 「물소」의 물소처럼 왼쪽을 바라보고 있는모습으로 시작해 식물원 전경을 찍은 듯 보이는 장면으로 마무리된다. 오른쪽 페이지 상단에 한 장씩 배치된 사진들을 차례차례 훑어보면, 초반부에는 교복을 입은 여학생들이 산을 배경으로 포즈를 잡거나, 그들중 한 사람이 할머니의 손을 잡고 있거나, 역시 교복을 입은 남학생이 등장한다. 이어 하단에 1973년이라고 인쇄된 사진에는 남녀 두 쌍이 포즈를 취하고 있다. 계속 넘기면 아기를 안은 남자와 그의 아내로 보이는 여성, 그리고 중년의 여성이 계단에 앉아 있다. 다음은 서너 살쯤 되어 보이는 여자아이 혼자 카메라를 바라보는 사진이 나온다. 그리고 인물 사진 사이에 접힌 편지나 소포 같은 것을 찍은 사진을 끼워 넣어 분위기를환기한다. 후반부에는 창가에 서 있는 검은 실루엣의 사람이 카메라 쪽으로 돌아본다. 사진 속의 인물은 아마도 유진목 시인이지 않을까 싶은데, 사진들은 입구에서부터 출구에 이르기까지 식물원의 식물들을 구경하듯 누군가의 평범한 삶을 압축해서 보여주고 있다. 각자의 삶을 살던남녀가 서로 만나 연애를 하고 결혼하여 아이를 낳고 아버지의 성을 받은 아이는 무럭무럭 자라 어느결에 지금껏 밟아온 길을 되돌아보는 중년의 나이가 되어버린, 특별할 것 없어 보이는 한 여자의 가계(家系)가 고스란히 전시되고 있다. 그러나 자귀나무나 우산가시나무가 그 자리에 있어 식물원이 식물원인 것처럼 스무 장 사진에는 평범함으로 묶어버릴 수 없는 시간이 들어있다. 시인의 부모님이 부모가 되기까지의 판단과 선택이 있을 것이고, 그 판단과 선택은 다시 여자아이 삶의 지표가 되었을 것이다. 시인이 두 번째 시집인 『식물원』의 2/3를 사진 전시에 할애한 것은 사진 속 시간이야말로 '시'라고 여겼기 때문이지 않을까. 「36」나 「물소」의 '물소'가 수많은 생각을 양산해내듯 한 가계의 스토리는 사진이라는 매개로 인해 '지금 여기'의 삶을 직조하는 시간(詩間)이 되기도 한다.

그는 자신을 죽이려고 한 사람과 살리려고 한 사람을 알고 있습니다. 그러면서 버틸 때가 있습니다. 살아 있는 일은 힘이 듭니다. 어머니. 살아 있는 것이 힘이 듭니다.

아무에게도 하지 않을 말을 유독 그는 어머니에게 하고 있습니다.

살아 있는 일이 좋은 감정을 지닐 수 있다면 그것만큼 좋은 일이 없을 겁니다. 좋은 감정은 어떤 감정입니까. 나는 매일 아픕니다. 나는 매일 슬픕니다. 아무도 미워하지 않을 때는 어머니를 미워합니다. 어머니. 나를 죽이려고 한 사람을 용서하지 마세요. 하늘에서도 땅에서도. 나는 매일 기도합니다. 나는 매일 기다립니다. 어머니. 우리는 다시 만날 수 있을까요.

그는 매일 잊습니다. 어머니가 살아 있는 것을요.

「38」 전문

그 시간(詩間)을 형상화한 것 중 하나가 '부목'에 천착한 「38」이다. 시에서는 '그'를 통해 잘 다스려지지 않는 인간의 감정을 적나라하게 토로한다. '살아 있는 것이 힘'들다는 말은 '아무에게도 하지 않을 말'인데, 그토록 내뱉기 어려운 말을 '어머니에게 하고' 있다. 그러나 잘 살펴보면 어머니 앞에서 직접 쏟아내는 말이 아니라 혼자 하는 기도이거나 고백으로 보인다. '그'가 '매일 기도'하는 이유는 무엇일까? 시의 시작에서 '그는 자신을 죽이려고 한 사람과 살리려고 한 사람을 알고 있'다고 한다. 시의 정황만으로는 '자신을 죽이려고 한 사람과 살리려고 한 사람'이 누구인지 알 수 없다. 그러나 '그'가 '살아 있는 것'의 힘듦을 어머니에게 고백했다는 점에서 우리는 '그'가 삶의 절벽 앞에서 외발로 서 있다는 것을 유추해볼 수 있다. 결국 자신을 죽이려고 한 사람이 '그' 자신이라는 것까지 눈치챌 수 있게 된다. 그렇다면 '자신을 살리려고 한 사람'은 누구인가. '그'는 어머니에게 자신을 '죽이려고 한 사람을 용서하지' 말라고 한다. 이는 스스로 목숨을 끊으려고 했던 자신을 용서하지 말라는 의미일 것이다. 그러므로 '그는 매일 잊습니다. 어머니가 살아 있는 것을요.' 라는 마지막 연은 '그'가 어머니라는 존재를 자각하는 순간만이 삶을 '버틸 때'라는 것을 나타내는 '그'의 속내를 표현한 것임을 알 수 있다. 결국 '자신을 살리려고 한 사람'은 자신의 어머니인 것이다. 시의 제목인 '부목'은 한자로 부연하고 있지 않아 여러 의미로 해석 가능해진다. 시의 정황상 '살아 있는 것이 힘들'다는 점에서는 썩은 나무를 뜻하는 부목(腐木)을 배제할 수 없지만 앞서 '자신을 살리려고 한 사람'이 어머니였다는 점에서 뼈를 다쳤을 때 그 부위를 고정시키는 부목(副木)에 더 근접하다. 갓 심은 어린나무는 잔바람에도 쓰러질 위험이 있기에 뿌리를 내려 스스로 중심을 만들 때까지 부목으로 나무를 고정한다. 이처럼 어머니라는 존재 역시 삶이 위태로운 '그'가 머릿속으로 떠올리기만 해도 절벽으로부터 한 걸음 물러나게 만든다. '그'에게 어머니는 삶의 부목인 것이다. 비단 어머니뿐일까. 사진 스무 장 또한 이 '부목(副木)'의 역할을 하고 있다고 여겨진다. 그러니까 앞서 언급한 세 편의 시를 포함하여 사진 뒤에 실린 「21」(종려나무), 「22」(남천나무), 「23」(염리동), 「23」(벤자민), 「25년」(1998년), 「26」(신나무), 「27」(복숭아나무), 「28」(은행나무), 「29」(개벚나무), 「30」(삼나무), 「31」(장미나무), 「32」(자귀나무), 「33」(능소나무), 「34」(무환자나무), 「35」(망그로브), 「37」(디포리), 「39」(유목), 「40」(해변에서), 「0」(파르카이)는 사진이라는 부목 덕에 『식물원』 안에서 '종려나무'라는 '삼나무'라는 '유목'이라는 이름으로 뿌리를 내리고 있는 것이다.

『식물원』에 이어 세 번째 시집 『작가의 탄생』(민음사, 2020)을 출간한 유진목 시인은 현재 부산 영도 흰여울 문화마을에서 <손목서가>라는 북카페를 운영하고 있다. 영도다리를 건너가면 입구와 출구가 다른 푸른 봄을 만날 수 있으리라.

# 도깨비 회칠하기

박영기, 『흰 것』, 파란, 2023.

보면 볼수록 알 수 없거나 잡히지 않는 시는 사람을 홀린다. 파면 팔수록 수를 읽을 수 없으니 다시 보게 되고 다시 읽게 되고 다시 묻게 된다. 사람으로 치면 그런 그가 궁금해서 다음에 또 만날 수밖에 없다. 이미 그의 매력에 빠져버린 것이다. 매력(魅力)은 한자 그대로 도깨비의 힘이기에 불가항력이다. 한 번 빠지면 좀처럼 빠져나오기 어렵다. 『흰 것』에 수록된 시들은 도깨비의 힘을 지녔다. 보이는 듯한데 벗어나 있다. 잡은 것 같은데 어느새 빠져나간다.

지친 나비는
그대로 쉬게 두고
우리
조금 더 빨리 걸어요
저쪽 모퉁이를 돌면
다시 태어날 수
있어요
다시 죽을 수도
있어요
나비가
당신의 어깨에서 날아오르는
순간

우리는 지금의 우리를 잊어버리고

서로 마주 보고

댁은 누구신지?

어깨 위 나비 날개 비늘 쓸어 주며

모르는 당신과 함께 걷다

걷다 걷다가 보면

알게 돼요

몇 번이고

다시

모르게 돼요

우리

조금 더 속도를 내요

「회랑」 전문

  위 시는 회랑을 함께 걷는 관계에서부터 혼란을 준다. 일단, 시에서 '우리'는 서로를 챙겨야 하는 사이로 보인다. '우리/조금 더 빨리 걸어요'나 '우리는 지금의 우리를 잊어버리고'라는 표현에서 화자와 '당신'은 우연히 회랑을 함께 걷게 된 사이는 아닌 것으로 짐작된다. 그런 점에서 상대를 재촉하는 화자의 행위는 '지친 나비' 같은 '당신'을 위한 최선의 배려가 아닐까 싶다. 그런데 시의 중반부를 넘어서면서, 일테면 '나비가/당신의 어깨에서 날아오르는/순간'부터 두 사람은 서로 모르는 사이가 되어버린다. 그러다가 다시 아는 사이로, 곧 모르는 사이로 돌아가는 과정을 반복한다. 이렇다 보니 두 사람의 관계를 명확하게 규정하기 어려워진다.

시가 불분명하게 읽히는 또 하나의 요소는 시적 공간이다. 회랑은 지붕이 있는 복도 정도로 분류한다. 지붕 아래 위치하기에 마당처럼 온전한 바깥으로 보기 어려우며, 다른 공간과 연결되기에 본채에 속한다고 할 수도 없다. 마치 두 사람의 관계처럼 명확하지 않다. 더해서 '모퉁이를 돌면/다시 태어날 수도' '다시 죽을 수도' 있다니 단순한 회랑이라기보다는 윤회의 상징 같기도 하다. 그런데 이 같은 모호성은 시인이 작정하고 설정한 듯하다. 두 사람이 회랑을 걷는 동안, 화자는 '당신'이 '지금의' 모습을 잊어버림으로써 딴사람이 되기를 바라고 있다. 화자조차 알아보지 못하는 '당신'이 되었으면 한다. 그것도 당장 그렇게 되기를 바라는 듯 '조금 더 속도를 내'라고 재촉하고 있다. 화자는 왜 그렇게 '당신'을 종용하는 것일까? 여기서 화자를 '당신'의 피붙이로 본다면 종용의 행위가 어느 정도 납득된다. 회랑이 누군가의 인생길이라고 할 때, 화자 눈에 '당신'은 어느결에 '지친 나비'의 모습을 하고 있으며, 그 지난한 삶의 무게를 덜어줄 방법이라고는 '당신'에게서 '당신'을 털어버리게 하는 것뿐이다. 가족이 되었든 생활이 되었든 모든 책임을 내려놓고 '당신' 자신조차 모르는 사람으로 다시 태어났으면 하는 것이다. 그러나 '당신'은 '당신' 밖으로 나서는 방법을 알지 못한다. 우리네 부모를 생각해보라. 죽을 때까지 아버지라는, 어머니라는 자리에 헌신하지 않는가. 그런 탓에 화자는 조금이라도 빨리 '당신'이 삶의 무게를 털어버리고 본연의 모습을 누렸으면 하는 마음에 채근하고 또 채근하는 것이리라.

천의 얼굴을 가진
이것은
어미아비도 없는

이것은 이것만의 법칙을 따른다

한번 써먹은 이것은 두 번 사용하지 않는

물컹한 이것은

혹은 단단한 이것은

변덕스러운 이것일 뿐인데

끊임없이 움직여 끊임없이 이것인

이것은

끊임없이 이것이 아니다

젖은 빗자루 혹은

강 혹은 바다

혹은

물의 실뿌리

이것은

이것 저것 그것 요것

「징후」 부분


　　위 시 역시 앞서 살핀 「회랑」처럼 시에서 지칭하는 바가 명확하게 잡히지 않는다. 시에서 '이것'이라 지칭되는 것은 '물컹'하거나 '단단'하다. '끊임없이 이것'이자 '끊임없이 이것이 아니다'. 그렇기에 '이것' 혹은 '이것이 아'닌 것은 '젖은 빗자루', '강', '바다', '물의 실뿌리'라고 할 수 있으며, '젖은 빗자루', '강', '바다', '물의 실뿌리'가 아니라고도 할 수 있다. 고정된 인식은 오판의 위험이 있다. '물컹'하다고 생각했으나 '단단'한 그 무엇일 수 있으며, '단단'한 것으로 보았는데 되려 '물컹'한 경우가 있지 않은가. 오판의 예를 들어보자면, 이름만 듣고 남성이라고 생각했는데 직접 만나보니 여성이거나 그 반대인 상황이라 민망스러웠던 경험 누구나 한 번씩은 있을 것이다. 단순한 해프닝 같지만 이 같은 고정 관념은 대상을 단순화시킨다. 한계를 만들어 대상이 가진 다양성을 거세한다. 그러므로 단언하지 않아야 한다. 규정하지 않아야 한다. 그래야 '징후'를 포착할 수 있다. 이는 대상 혹은 사물이 '변덕'을 누릴 수 있게 목줄을 풀어주는 일이다.

그 무엇도 아닌 것이다
그 무엇도 아닌데
그 무엇이 되어 가는 중이다

나는

이것, 저것, 그것이
느리게 되어 가고 있다

열망하는 쪽으로 풀어놓는다

그 무엇이 이동한다 무엇으로

오늘의 수피를 벗는 나무
오늘의 살비듬을 털어 내는 사람
오늘 하루치의 고양이를 가죽 밖으로 밀어내는 고양이

그 무엇이 무엇의 몸을 입었다가 입은 몸을 벗는다

그 무엇도 아닌 게 되어
바람의 골목에서
내려앉은 먼지 위에
내려앉아
쌓이는 먼지

다시
그 무엇이 되기 위해 악착같이

「바람행성」 전문

　이 시는 「징후」의 연작시라고 해도 무방할 정도로 닮아있다. 화자
인 '나'는 '그 무엇도 아닌 것'이므로 '이것, 저것, 그것'이 되어간다. '오
늘의 수피를 벗는 나무'로, '오늘의 살비듬을 털어 내는 사람'으로, '오늘
하루치의 고양이를 가죽 밖으로 밀어내는 고양이'가 된다. 그리고 다시
'그 무엇도 아닌 게' 된다. 결과적으로 '나'는 그 무엇도 될 수 있고 그 무
엇에서 벗어날 수 있으니 자율적이다. 어디에도 구속되지 않고 그 무엇
의 영향도 받지 않는다. 「징후」에서 말한 '변덕'을 누리고 있다. 이는 '바
람행성'의 주된 특징이기도 하다. 여기서 '그 무엇이 되어'간다는 것은
어떤 목적을 이루려는 욕망의 행로가 아니라 '그 무엇도 아닌 게 되'는
한 과정일 뿐이다. '그 무엇도 아닌 게 되'기 위해 '그 무엇이 되어 가는
중'인 것이다. 시 종반부 '내려앉은 먼지 위에/내려앉아/쌓이는 먼지//
다시/그 무엇이 되기 위해 악착같이'는 먼지가 쌓여 실체가 있는 그 무
엇이 된다는 의미보다는 '고양이', '나무', '사람' 같은 또 다른 무엇을 향
해 끊임없이 유동한다는 것을 시각적으로 보여주는 이미지로 읽어야 한

다. 이렇게 끊임없이 변화하게 만드는 매개는 다름 아닌 '바람'이다. '오늘의' '그 무엇이 무엇의 몸을 입었다가 입은 몸을 벗는' 곳은 바로 '바람의 골목'이다. '바람'이 '오늘'의 모든 것을 역동하게 만드는 주동자인 셈이다. 그러나 '바람'은 잡히지 않기에 늘 그 무엇의 몸들로부터 빠져나갈 수밖에 없다. 그것이 '바람행성'의 존재 이유이자 책무이므로.

앞서 살폈듯이 『흰 것』에 수록된 작품들은 대체로 '바람행성'의 책무에 힘쓰는 듯하다. 아래 시 역시 같은 방향으로 나아간다.

하루에도 수십 번 오리를 토하는 호수
수면이 게운 오리는
읽을 수 없다
어제 읽지 못한 오리는 오늘도 못 읽는 오리
오리 밖으로 미끄러지는 오리
오리는 오리를 더 미끄러져야
읽을 수 있다
여태 읽은 오리는 모두 오리무중
빙판에서 계속 미끄러지는 오리 꿈을 꾼다

「미끄러지는 오리」 부분


'오리는 오리를 더 미끄러져야/읽을 수 있다'는 전언 같은 문장이 특히 눈길을 사로잡는 「미끄러지는 오리」는 지금까지 살폈던 시들의 행보를 직설한다. 우선 호수 위를 멀쩡하게 떠다니는 오리를 '못 읽는 오리'라고 한 박영기 시인의 말은 어떻게 받아들여야 할지 난감하다. 그러니 시를 조금 더 톺아보자. 인용하지 않은 시 앞부분은 '빙판을 걷'고 '날개'를 '접었다 펴'고 '자맥질'을 하고 '물고기'를 '쪼는' 등의 우리가 익히 알고 있는 오리의 일상적인 모습을 묘사한 뒤에 그 모두를 '읽을 수 없다'는 단서를 단다. 시인이 말하는 오리를 읽을 수 있는 방법은 앞서 말했듯이 '오리'에서 '오리'가 '더 미끄러'지는 것이다. 이는 오리를 규정하는 기표들로는 오리를 온전히 읽어내지 못하기에 미끄러질 수밖에 없다는 역설적 표현이다. '자맥질'하는 모습만으로 '저게 오리의 모습이지'라고 단언할 수 있는가. '날개'를 '접었다 펴'는 것으로 '모든 오리는 저렇게 하지'라고 확언할 수 있는가. 규정할수록 오리는 끊임없이 오리로부터 미끄러질 수밖에 없다. 그렇기에 '여태 읽은 오리는 모두 오리무중'인 것이다. 이로써 시인의 '못 읽는 오리'라는 말에 수긍하게 된다.

　지금까지 살펴본 시들은 끊임없이 보이는 것 너머를 소환하고 있다. 이는 박영기 시인이 시인의 말에 차용한 에드몽 자베스의 "내 모든 의심의, 두려움의, 희망의, 그리고 번민의 끝까지 이르렀던가?"에 대한 실천의 한 모습일 것이다. 에드몽 자베스의 말은 '흰 것에 대하여 쓸수록 생기는 질문' 아래 배치되어 있어 시인의 시작법이라 해도 무관하리라. 그런 점에서 '깊이가 있다는 말은 내 귀에//기피한다, 라고 들린다 모든 질문과 의문을 회피하는 눈동자'(「털」)라든가, '우주는 먹이사슬로 이어진 하나의 거대한 그물입니다'(「벌칙입니까」)와 같은 표현은 사회 통념을 의심하게 만든다. 한편으로는 '우주가 만발한 꽃 한 송이라니 훨훨 단신이라니 지구가 목 떨어진 꽃이라니'(「잎이 지는 속도」)와 같은 문장에서 시인이 가진 시안의 깊이를 만끽할 수 있다. 그 외에도 다양한 방식의 시 쓰기는 시집을 덮지 못하게 만든다. 이는 박영기 시인이 믿어 의심치 않는 시의 변성에 전이된 탓일 것이다.

　『흰 것』의 표제시이기도 한 「흰 것」은 이 같은 시인의 태도를 명징하게 전달한다.

　　화구에서 막 꺼내
　　부서지기 직전
　　뜨거운
　　모든 흰 것에 대하여

　　쓰지 않을 때
　　시간이 멈춘다
　　계절이 사라진다
　　잇따라 얼어붙은 눈만 내린다

　　흰 손수건 위에 흰 발자국
　　흰 발자국 뒤에 흰 발자국

　　처음처럼 모든 끝처럼

　　흰 것은 끝까지 흴 것
　　죽어도 흴 것
　　검어도 흴 것

　　흰 것에 대하여
　　혀에 땀이 나도록 쓰고 또

　　쓸 것

「흰 것」 부분

시에서 '흰 것'은 '화구에서 막 꺼내/부서지기 직전/뜨거운' 것으로 위태롭고 불안하다. 또한 '눈' 위에 찍히는 '흰 발자국' 역시 곧 녹아 없어질 흰빛이다. 그렇기에 '흰 것은 끝까지 흴 것/죽어도 흴 것/검어도 흴 것'(「흰 것」)이라는 언명은 무모하다. '흰 것에 대하여/혀에 땀이 나도록 쓰고 또 쓸 것'이라는 다짐은 무르다. 그럼에도 불구하고 화자는 써야 한다고 말한다. 쓰지 않으면 '시간이 멈'추고, '계절이 사라'지므로. '흰 것'으로 지칭되는 위태롭고 불안하며 곧 녹아 없어질 것을 쓰는 행위는 결국 세계가 움직이는 이치와 같다. 그러므로 박영기 시인이 '시시'한 '시 같은' 것을 '쓰지 않는다' 말하는 시를 쓴 이유일 것이다.

『흰 것』은 온몸에 회칠한 도깨비 형국이다. 빈 구멍이 뜨거운 곳이며, 무를수록 디딤돌이다. 그러니 '흰 것에 대하여/혀에 땀이 나도록 쓰고 또 쓸 것'이라는 다짐에 혹할 수밖에.

지금껏 부산에 적을 두었거나 연이 있는 스무 명의 시인들을 만 났다. 그들이 펼쳐놓은 거미줄은 분명 함정이었다. 하여, 조금씩 빠져들었다. 처음엔 마음을 빼앗겼고 종국엔 몸이 해체되었다. 그로부터 희미하게 한 세계가 열렸다. 그곳에서 슬픔을 슬퍼하는 동안 불안이 전략임을 숙지했다. 초록 엄마를 만나면서 아무것도 아닐 경우라도 두려워하지 않기로 했다. '명랑'에게 구멍 난 청바지를 권했고, 눈을 뽑는 숨바꼭질을 즐기면서 조금 더 보겠다 다짐했다. 그리하여 비에 젖은 사람을 연락처에 입력하던 때처럼 마음이 젖어 들었다. 앞으로 또 어떤 만남이 성사될지는 알 수 없으나 우선은 품 넓은 우산을 한아름 챙긴 기분이다. 급작스러운 눈이나 비 옆에 놓아두면 꽤 괜찮은 선물이 될 듯하다.

책에 실린 글들은 대부분 부산 민예총에서 발행하는 월간 『함께 가는 예술인』에 기고했던 작품을 묶은 것이다. 이 자리를 빌려 기고를 권하고 함께 시를 이야기하며 방향을 잡아준 정재운 『함께가는 예술인』 전 편집장에게 고마움을 전한다. 그의 무한 응원이 글을 쓰게 만들었다.

그리고 ㈜호밀밭 편집진에 감사함을 전한다. 무명 시인의 낯선 글을 기꺼이 받아주고 세심하게 보살펴주지 않았다면 생애 첫 번째 책은 난산이었을 것이다.

2024년 7월
김수원

세상 모든 것에 감탄하는
지혜로운 사람들의 공간

**호밀밭**

# 아무것도 아닐 경우

ⓒ 2024, 김수원

| | |
|---|---|
| **초판 1쇄** | 2024년 8월 20일 |
| **지은이** | 김수원 |
| **펴낸이** | 장현정 |
| **편집** | 정진리 |
| **디자인** | 손유진 |
| **마케팅** | 최문섭, 김윤희 |
| **펴낸곳** | ㈜호밀밭 |
| **등록** | 2008년 11월 12일(제338-2008-6호) |
| **주소** | 부산광역시 수영구 연수로357번길 17-8 |
| **전화** | 051-751-8001 |
| **팩스** | 0505-510-4675 |
| **홈페이지** | homilbooks.com |
| **이메일** | homilbooks@naver.com |

**ISBN** 979-11-6826-155-6  03810

※ 본 사업은 2024년 부산광역시, 부산문화재단 〈부산문화예술지원사업〉으로 지원을 받았습니다.

부산광역시 BUSAN METROPOLITAN CITY  부산문화재단 BUSAN CULTURAL FOUNDATION